hänssler

Andreas Schwantge

Uli in Lebensgefahr

AUF HEISSER SPUR

Erster Teil aus der Serie »Auf heißer Spur«.

4. Auflage 1998
TELOS-Taschenbuch 5309
Bestell-Nr. 75.309
ISBN 3-7751-0951-X
© Copyright 1984 by Hänssler-Verlag, Neuhausen-Stuttgart
Titelbild: Walter Rieck
Umschlaggestaltung: Daniel Dolmetsch
Druck und Bindung: Ebner Ulm
Printed in Germany

Inhalt

Uli und seine

Name: Ulrich, genannt Uli, Professor oder Kommissar
Kennzeichen: sagenhaft dürr, groß, runde Hornbrille, kurzgeschnittenes Haar, altmodische Kleidung
Wichtig: unglaublich gute Noten, Klassensprecher, der »Anführer« der Freunde

Uli

Name: Mechthild, genannt Meggi
Kennzeichen: schlank, kurzgeschnittene, dunkelbraune Haare
Wichtig: unzertrennliche Freundin von Sandra

Meggi

Name: Georg, genannt Banni
Kennzeichen: schlank, krumme Haltung, unkämmbare, blonde Haare, sehr blasse Hautfarbe
Wichtig: Körperbau und Gesichtsform gleichen oft einer Banane, begriffsstutzig, aber sehr treu, Bruder von Sandra

Banni

Freunde

Name: Peter Strohmann,
genannt Pepp
Kennzeichen: mollig, kurzgeschnittene, braune Haare,
rundes Gesicht, strahlende
Augen
Wichtig: meistens recht
fröhlich, Bruder von Muck

Pepp

Name: Sandra, genannt
Radieschen
Kennzeichen: schlank,
schulterlange, hellblonde
Haare (oft Pferdeschwanz)
Wichtig: ihr meistens miß-
lungener Pferdeschwanz
trug ihr den Namen Radies-
chen ein, Schwester von
Banni, aber sehr klug

Sandra

Name: Markus Strohmann,
genannt Muck
Kennzeichen: ziemlich dick
(genauer: fett), kurzge-
schnittene, braune Haare
Wichtig: Witzbold, Bruder
von Pepp

Muck

1. Der verschwundene Projektor

»Mensch, wie seht ihr denn aus?« Entsetzt schaute Ulrich seine Freunde an. Pepp und Muck kamen über den Schulhof direkt auf ihn zu. Beide hatten rote, verweinte Augen. Sie sahen aus, als hätten sie gerade erst eine Tracht Prügel bekommen. »Was mit uns los ist?« murmelte Pepp mißmutig. »Denk doch mal an die Mathearbeit.« Gestern hatten sie die Arbeiten zurückbekommen. Pepp hatte eine Sechs plus, Muck eine Sechs minus. Uli hatte, wie immer, eine Eins geschrieben. Mathematik war – neben Physik, Chemie, Erdkunde und Geschichte – sein Lieblingsfach. Daß er wie ein Professor aussah, traf also genau ins Schwarze. »Ist euer Vater sehr sauer?« fragte Uli voller Mitleid. »Sauer ist gar kein Ausdruck!« Muck blickte ihn traurig an. »Essig ist Zucker gegen das, was er ist. Er hat uns angeschrien und . . .« – er fuhr sich über seine Kehrseite – ». . . solange, bis er nicht mehr gekonnt hat.«

Uli stöhnte. Herr Strohmann war ein starker Mann.

Da hatten Pepp und Muck aber was abbekommen.

»Würden wir heute nicht erst in der dritten Stunde anfangen, dann wäre es vielleicht besser gelaufen.« Pepp holte tief Luft. »Wir haben bis zur letzten Minute gewartet, bis wir ihm die Arbeiten zum Unterschreiben gezeigt haben. Vater hätte sich ja schon genug über die Sechser geärgert – aber weil wir heute erst so spät Schule haben, wußte er etwas, wovon er sonst noch nichts gewußt hätte.« Verständnislos starrte ihn Uli an. »Wußte er etwas, wovon er sonst noch nichts gewußt hätte . . .?«

»Ja! Sie haben nämlich wieder eingebrochen.«

Schon dreimal war im Elektroladen von Pepps und Mucks Vater eingebrochen worden, erinnerte sich Uli. Genauer gesagt: im Elektro-Großhandel. Von dort wurden die einzelnen Elektrogeschäfte der Umgegend beliefert. Bei jedem Einbruch hatten die Diebe ganz schön was mitgehen lassen.

»Was meinst du wohl, Uli«, Pepp kratzte sich am Kopf, »zuerst hört er von dem Einbruch – und kurz darauf kommen wir mit unseren Arbeiten. Kein Wunder, daß da Blitz, Donner und Hagel zusammenkamen.« Muck nickte. »Ein richtiges

Erdbeben kann man das schon nennen. Bestimmt kommt es heute noch im Rundfunk, daß ein Bebenzentrum unter unserem Haus war. In Wirklichkeit war es aber Vater, der uns verkloppt hat.«

Inzwischen hatte sich noch ein Junge zu den Dreien gesellt. Es war Banni.

Er schaute Pepp und Muck in die verweinten Gesichter. »Was guckt ihr denn so kariert?« – »Kariert ist richtig. War ja 'ne Mathearbeit«, bemerkte Pepp trocken. Er hatte keine Lust, die ganze Geschichte nochmals zu erzählen.

Als Uli wenig später Banni alles erklärt hatte, nahm dessen Gesicht die berühmte Bananenform an. Mit leidvoller Miene blickte er Pepp und Muck an. »Oh, oh . . .«, sagte er nur. Diese beiden Silben waren überhaupt seine häufigsten Worte. Es klingelte und sie mußten zum Unterricht.

Auch in der nächsten Pause standen sie – wie immer – im Schulhof zusammen. »Daß schon wieder bei euch eingebrochen worden ist!« Uli schüttelte den Kopf. »Die können wohl nicht genug kriegen. War doch schon das vierte Mal, nicht wahr?« »Eingebrochen?« fragte Banni, dessen Gedächtnis ihn wieder einmal im Stich ließ. »Ich hab' dir's doch vorhin erzählt!«

»Ach ja, – bei dem Großhandel.« Endlich fiel der Groschen. »Wenn die Polizei nur endlich die Diebe kriegen würde!« Muck stöhnte. »Aber die haben wieder nichts gefunden. Die Halunken machen sich einfach aus dem Staub. Vater wäre auch besser aufgelegt, wenn es eine heiße Spur gäbe.«

Sie saßen wieder im Klassenzimmer und warteten auf den Lehrer. Plötzlich flog die Tür auf. Völlig unerwartet kam der Rektor der Schule herein. Sein Gesicht war finster. So finster und unheilvoll wie der Himmel kurz vor einem Gewitter.

»Hat mir jemand von euch etwas zu sagen?« Seine Stimme klang schneidend scharf.

Inzwischen war auch ihr Lehrer hereingekommen. Auch sein Gesicht ließ Böses ahnen.

»Also!« Der Rektor »schnitt« weiter. »Hat mir jemand etwas zu sagen? Ich gebe euch noch eine letzte Gelegenheit.« Was wollte der nur? Verschüchtert saßen die Jungen auf den Stühlen. Banni war so verdutzt, daß er noch nicht einmal sein berühmtes Gesicht ziehen konnte. »Also, was ist? Ich frage das letzte Mal!« Draußen hörte man leise den Herbstwind durch die leeren Bäume pfeifen. Es war ganz still im Klassenzimmer.

»Wie ihr wollt!« Damit verließ der Rektor den Raum.

»Oh, oh«, entfuhr es Banni, und sein Gesicht verzog sich.

»Ruhe!« Der Lehrer stand hinter dem Pult. Seine Augen wanderten von einem zum andern.

»Der Filmprojektor der Schule fehlt. Und es war einer von euch.«

Einer von unserer Klasse? dachte Uli. Nee, das glaube ich nicht...

»Ich möchte euch nur einen Rat geben. Wer es auch immer war, er soll sich melden – und zwar sofort.«

Doch es blieb still.

Endlich meldete sich Uli. Er war Klassensprecher.

»Ja?«

»Ich glaube nicht, daß jemand von uns den Projektor gestohlen hat. Wie kommen Sie denn eigentlich darauf?«

Doch der Lehrer hatte keine Lust, lange Erklärungen abzugeben. »Einer von euch war es«, sagte er nur.

Endlich waren die restlichen Schulstunden zu Ende. Uli hatte die ganze Klasse in eine Ecke des Pausenhofes gerufen.

»Jetzt hört mal gut her. Ich glaube nicht, daß es einer von uns war, der das Ding geklaut hat. Aber...«, er atmete tief durch, »...aber wenn doch, dann soll er es sofort sagen. Wir halten natürlich zusammen, ist doch klar. Der Projektor muß aber schnellstens zurück.«

Lautes Gemurmel. Nein, von ihnen war es niemand gewesen.

»Gut.« Uli lächelte zufrieden. »Dann müssen wir den Verdacht von unserer Klasse abwenden. Die Schande darf nicht bestehen bleiben. Noch mal so einen Vormittag, wo alle Lehrer mit uns sauer sind, das hält niemand aus.«

Erwartungsvoll schauten die Jungen ihn an.

»Ich werde versuchen, rauszukriegen, was eigentlich passiert ist. Geht ihr mal ruhig nach Hause.«

Alle verabschiedeten sich. Nur Pepp, Muck und Banni warteten auf Uli, der zum Rektor ging.

Zögernd klopfte Uli beim Rektorenzimmer an. »Schulleitung« stand mit großen Buchstaben auf der Tür.

»Herein!«

Langsam betrat Uli den Raum. Der Schulleiter blickte hinter seinem Schreibtisch auf.

»Herr Rektor«, begann Uli, »als Klassensprecher bin ich mir sicher, daß keiner von uns den Projektor gestohlen hat. Was ist denn überhaupt passiert? Und warum muß es denn gerade jemand aus unserer Klasse gewesen sein?«

Der Rektor lächelte jetzt sogar ein wenig. »Ihr wart die einzigen, die zum Zeitpunkt des Diebstahls keinen Unterricht hatten. Ich habe die Lehrer gefragt, alle anderen Schüler waren in ihren Zimmern.«

»Und wenn ein Fremder der Dieb war?«

»Der Hausmeister hat keinen Fremden in die Schule kommen sehen.«

»Und – wenn er ihn übersehen hat?« Uli ließ nicht locker.

»Junge. Er ist sich ganz sicher. Aber du kannst ihn ja selbst fragen.«

Nachdem Uli mit dem Hausmeister gesprochen hatte, wußte er endlich, wie der Projektor verschwunden war.

Kurz vor der dritten Stunde – da hatten sie erst mit dem Unterricht begonnen – war das Gerät von einem Jungen aus dem Filmraum geholt worden. Der Hausmeister hatte ihn aber nur flüchtig gesehen. Wenig später kam ein Lehrer, der den Projektor brauchte. Aber der war verschwunden.

»So ein Gerät kostet ein paar tausend Mark, mein Junge«, meinte der Hausmeister, als sie den Filmraum verließen. Uli hatte sich nämlich alles angesehen.

»Und daß doch ein Fremder in die Schule gekommen ist – ich meine, das wäre doch möglich«, fragte Uli, ehe er sich verabschiedete.

Der Hausmeister winkte ab und grinste. »Ich kenne euch alle. Ein neues Gesicht wäre mir gleich aufgefallen.«

Es war nicht viel, was Uli nun wußte. Nachdenklich ging er zu den Freunden in den Schulhof und erzählte ihnen, was er erfahren hatte.

»So ein Mist!« murmelte Pepp. »Wie können wir denn nur beweisen, daß es keiner von uns war?«

Am Nachmittag saß Uli in seinem Zimmer und überlegte. Auf seinem kleinen Schreibtisch lagen ein großes, weißes Blatt Papier und vier verschiedene Buntstifte: rot, schwarz, blau und grün.

Mit den Farben wollte er seine Gedanken sortieren. Rot für alles Unbekannte, also das, was sie nicht wußten. Grün für das Bekannte. Blau für kleine, unscheinbare Dinge und schwarz für Möglichkeiten, vielleicht doch noch mehr zu erfahren.

Doch, wie gesagt, das Papier war weiß – blütenweiß. Was sollte er auch aufschreiben? Sie wußten, daß ein Junge den Projektor geholt hatte. Aber sie wußten nicht, wer, und wo das Gerät jetzt war.

Immer wieder dachte Uli über das nach, was ihm der Hausmeister und der Rektor erzählt hatten. Gab es da irgendeine Kleinigkeit, die zur Lösung des Geheimnisses führen konnte?

Uli spürte, daß es so eine kleine Sache gab. Wenn er darauf kam, konnte er weiterforschen. Aber – was war es nur? Oder bildete er sich etwas ein?

Endlich schob er Papier und Stifte beiseite. Lustlos machte er sich an die Hausaufgaben. Doch mit den Gedanken war er nicht dabei.

Als er fertig war, stand er auf und ging unruhig im Zimmer umher.

Wo lag der Fehler? Irgend etwas gab es doch... Da! Plötzlich ging ihm ein Kronleuchter auf. Uli rannte zur nächsten Telefonzelle und rief in der Schule an. Nachdem er mit dem Hausmeister gesprochen hatte, wußte er, daß er auf der richtigen Spur war.

Wenn der Hausmeister sicher war, daß kein Fremder die Schule betreten hatte, dann mußte er auch wissen, ob jemand mit dem Projektor hinausgegangen war. Wußte er das nicht, dann war der Projektor entweder noch in der Schule, oder der Hausmeister hatte doch nicht aufgepaßt. Und er hatte niemanden aus der Schule gehen sehen, der das Gerät hinaustrug.

Uli rannte nach Hause und schwang sich auf sein Fahrrad. So schnell war er selten zur Schule gerast.

Gemeinsam mit dem Hausmeister durchsuchte er jeden Winkel des Gebäudes. Nach zwei Stunden entdeckten sie tatsächlich den Projektor. Er stand in einem Nebenraum der Turnhalle.

Am nächsten Tag stellte sich heraus, daß ihn ein Schüler aus einer anderen Klasse geholt hatte. In ein paar Tagen sollte eine Klassenfeier stattfinden. Dabei wollten sie einen Film zeigen.

Der Junge hatte das Klassenzimmer zwischen der zweiten und dritten Stunde verlassen, ohne daß der Lehrer es gemerkt hatte.

Nachdem nun alles aufgeklärt war, entschuldigte sich der Rektor sogar noch bei den Jungen.

Alle waren von Ulis Spürnase begeistert. Am meisten aber Pepp, Muck und Banni. »Mensch«, Pepp war vollkommen aus dem Häuschen, »vielleicht kriegst du sogar raus, wer immer unser Lager beklaut.«

Damit hatte Pepp den Grundstein zu einem großen Abenteuer gelegt.

2. Auf heißer Spur?

Zuerst wollte sich Uli nicht darauf einlassen, die Diebe zu suchen. Doch Pepp und Muck überredeten ihn, es wenigstens zu versuchen. Herr Strohmann – Pepps und Mucks Vater – lächelte zwar mitleidig, als er davon erfuhr. Dennoch beantwortete er geduldig Ulis Fragen. Uli notierte sich alles, was er erfuhr, ganz genau auf einen kleinen Block. Jedes Datum schrieb er auf. Es war also immer Samstag gewesen, als die Diebe kamen. Sie waren auf verschiedenen Wegen eingedrungen, hatten aber nie richtige Spuren hinterlassen. Eigenartigerweise funktionierte die Alarmanlage nicht, obwohl alles daran in Ordnung war. Was für eine Anlage im Elektrolager eingebaut war, verriet ihm Herr Strohmann nicht. Niemand hatte etwas gehört. Strohmanns waren gerade immer in Kurzurlaub oder Betriebsferien gewesen.

Uli durfte auch ins Lagerhaus, um sich alles genau anzusehen. Dort war aber nichts besonderes zu entdecken. Große Kartons standen bis zur Decke gestapelt in der riesigen Halle. Wie viele Fernseher, Kühlschränke, Radios und sonstige Elektrogeräte es wohl sein mochten? Zwischen den Kartons sollte man mal Indianer spielen, dachte Uli für einen Augenblick. Er ahnte nicht, auf welche Weise sich sein Wunsch erfüllen sollte. Nach diesem Besuch im Lager ging Uli nachdenklich nach Hause. Viel hatte er ja nicht herausbekommen. Als er in seinem Zimmer saß, erging es ihm wie bei der Sache mit dem Filmprojektor. Er überlegte und überlegte, kam aber zu keinem Ergebnis.

Am nächsten Tag nahm er sich alle Tatsachen noch einmal vor, doch er kam nicht weiter. Das einzige, das sicher schien, war folgendes: Die Einbrecher kannten sich sehr gut aus und wußten, wie sie die Alarmanlage überlisten konnten. Uli schüttelte den Kopf. Herr Strohmann hatte ihm nur verraten, daß eine der modernsten Anlagen eingebaut war. Soviel Uli über solche modernen Anlagen wußte, konnte man sie gar nicht umgehen. Aber die Diebe hatten es doch geschafft.

Uli trat auf der Stelle, aber er gab nicht auf. Irgendwo hatte er einmal gehört oder gelesen, daß jeder Verbrecher einen Fehler macht. Den mußte Uli nur finden – wenn diese Behauptung stimmte. Aber auch die Polizei kam nicht weiter, erfuhr Uli von Pepp. Wie sollte er dann etwas erreichen? Die Polizei hatte doch viel mehr Erfahrung und Möglichkeiten. Doch Uli überlegte weiter, ob er in der Schule war oder daheim. Wenn es einen Fehler gab, dann mußte er ihn finden.

Diese Gedanken beschäftigten ihn auch an einem Samstagnachmittag, vier Wochen nach dem letzten Einbruch.

Samstags gingen Uli, Pepp, Muck und Banni immer zur Jungschar. Da trafen sich etwa 25 Jungen. Sie machten Spiele zusammen, lösten Quizfragen, sangen flotte Lieder, lauschten spannenden Geschichten und hörten von Jesus Christus.

Diese Andachten über Jesus mochte Uli – offen gesagt – nicht besonders. Er schaltete meistens ab und hörte nur mit halbem Ohr hin.

Doch an diesem Samstag war das anders. Helmut, der Jungscharleiter, sprach nämlich über folgendes: »Denn es ist nichts verborgen, was nicht offenbar werde. Auch ist nichts Heimliches, was nicht kundwerde und an den Tag komme! – Dieser Satz steht im Lukas-Evangelium. Das steht im Neuen Testament, also in der Bibel.« Der Jungscharleiter holte tief Luft. »Es gibt also nichts, was Gott nicht weiß. Er hat ja alles geschaffen. Auch, daß du und ich geboren wurden, hat er gewollt. Er kennt unser ganzes Leben. Jeden Augenblick. Viele können das nicht begreifen, aber es stimmt trotzdem. Und Gott wird dafür sorgen, daß einmal alles, was wir getan haben, öffentlich bekannt wird. Wenn Gott die Schuld aller Menschen richten wird, wird jede Sünde, auch die geheimste, ans Licht kommen.«

Er schaute die Jungen ernst an. »Was meint ihr, was Gott da zu euch sagen muß? Gott liebt dich und mich, aber er muß auch ein gerechter Richter sein. Er kann die Schuld nicht einfach unter den Teppich kehren, wie man so sagt. Stell dir vor, wenn er uns jetzt all deine Schuld hier zeigen würde! Alles, was du bisher angestellt hast, was böse war. Wo du gelogen, gestohlen oder sonst was Gemeines getan oder gedacht hast. Würde dir das gefallen? Bestimmt nicht!« Heute hörte Uli richtig zu. Alles wird offenbar, alles kommt an den Tag, auch das Geheimste... Er dachte natürlich zuerst an die Einbre-

cher. Dann mußten doch auch die Diebe gefunden werden –
oder? Aber Uli begriff, daß es bei diesen Worten aus der
Bibel vor allem um das letzte Gericht vor Gott geht, wo
einmal über unser Leben gerichtet wird. »Nun stellt euch
vor« – Uli wurde aus seinen Gedanken gerissen –, »daß ein
Mensch ohne Schuld vor Gottes Thron kommt. Gibt es so
was?«

Uli schüttelte leicht den Kopf. Alle Menschen haben doch
Sünde. Höchstens, daß Helmut jetzt von Jesus sprach. So, als
hätte der Jungscharleiter Ulis Gedanken erraten, fuhr er fort:
»Ich meine jetzt nicht Gottes Sohn, den Herrn Jesus. Nein,
ich meine Menschen, so wie dich und mich. Nicht nur einer,
nein, sondern sogar viele von ihnen werden einmal vor Gottes Thron stehen – und Gott wird keine Sünde bei ihnen
finden.

Gott will uns nicht richten und bestrafen. Deshalb hat er
seinen Sohn, den Herrn Jesus, am Kreuz sterben lassen. Er
hat dich so lieb, daß er statt dir seinen eigenen Sohn bestraf-
te, und du darfst ohne Sünde sein. Wenn du sagst: ›Herr
Jesus, bitte vergib mir meine Sünde. Ich möchte ab heute mit
dir leben‹, dann ist deine Sünde fort. Sie ist sozusagen bei
Jesus und nicht mehr bei dir.

Ja noch mehr, Jesus nimmt dir nicht nur deine Schuld ab,
er macht dich sogar noch zu einem Kind Gottes. Gott, der
Himmel und Erde geschaffen hat, will dann dein Vater sein.
Ist das nicht ein tolles Angebot? Entweder wird deine Sünde
offenbar und bestraft, oder du bist frei davon und Gott will
dein Vater sein.«

Der Jungscharleiter schwieg einen Augenblick. »Willst du,
daß Jesus dir vergibt? Dann kannst du es ihm sagen und ihn
auch bitten, dein Leben zu regieren.«

Wenn alle Schuld ans Licht kommt, wie stehe ich dann da?
überlegte Uli. Er war sehr nachdenklich geworden.

Am Abend lag er wach im Bett. Wo steckte nur der Fehler
der Einbrecher? Gab es überhaupt einen Fehler?

»Was verborgen ist, muß offenbar werden...«, murmelte
Uli. Ja, Gott muß doch wissen, wer die Diebe sind. Gott
weiß alles...

Gott weiß alles! Uli erschrak darüber. Ihm fielen einige
Sachen ein. Wenn das ein Mensch wüßte...

Aber Gott wußte es. Und er mußte ihn dafür strafen. Es sei denn, Uli gab seine Schuld bei Jesus ab und lebte mit ihm. Dann begann das Leben mit Jesus.

Heute nachmittag hatte Uli diesen Gedanken zum erstenmal verstanden. Leben mit Jesus – das bedeutete, daß man in allen Dingen Jesus fragte, was man tun oder lassen sollte. Man sollte Jesus gehorchen.

Uli überlegte noch einen Augenblick, dann sagte er etwas, was er ganz ernst meinte. »Herr Jesus«, betete er, »ich will mit dir leben und dir gehorchen. Bitte vergib mir alle Sünde und komm in mein Leben.«

Es war kein langes Gebet. Aber eigenartig – Uli war sicher, daß Jesus ihn gehört hatte. Nun war ihm alle Schuld vergeben, weil Jesus die Strafe dafür übernommen hatte. Und nun wollte Uli wirklich so leben, wie Jesus es in der Bibel sagte. Jesus ist von den Toten auferstanden, überlegte Uli. Er lebt auch heute noch. Deshalb wird er mir helfen, richtig zu handeln.

Doch Uli hatte noch einen Wunsch auf dem Herzen. Ob er das Jesus auch sagen durfte? Natürlich! Man kann ihm alles sagen.

»Herr Jesus, und hilf mir doch, daß ich rauskriege, wer die Einbrecher sind. Amen.«

Die Sache mit den Einbrechern nahm Uli auch in den nächsten Tagen so sehr gefangen, daß er darüber sein neues Leben mit Jesus fast vergaß. Aber er konnte überlegen, soviel er wollte, er fand einfach keine Lösung.

Wieder einmal stand er nachdenklich in seinem Zimmer. Er blätterte unschlüssig in einem großen Wandkalender. Tolle Bilder von Autorennen waren darauf. Doch obwohl er auch die Rennwagen anschaute, waren seine Gedanken weit weg. Gab es wirklich keine heiße Spur?

Da stach ihm ein Datum ins Auge: 29. März. Ach so, der erste Einbruch. Es war am Samstag vor dem Palmsonntag gewesen.

Uli kannte ja die Daten längst auswendig. Er blätterte weiter.

24. Mai, der zweite Einbruch. Da hatten sie Ferien gehabt: Pfingstferien. Es war der Pfingstsamstag gewesen.

Auch am Samstag, den 2. August, waren Ferien gewesen: Sommerferien. Uli war mit seinen Eltern in der Schweiz gewesen. Eine tolle Kletterei! Wenigstens nannte Uli das so, er war ja nicht besonders sportlich. Eigentlich waren sie immer auf guten Wegen gegangen. Aber die waren manchmal auch ganz schön steil . . .

Nun war Uli in seinem Kalender beim letzten Einbruchsdatum angekommen: der Samstag vor dem Erntedankfest, der 4. Oktober.

»Mist!« murmelte Uli. »Ich komme einfach nicht weiter. – Vermutlich kennen die sich aus oder werden von jemandem informiert. Wie haben sie nur die Alarmanlage überlistet?« Er zuckte die Achseln.

Auf jeden Fall kamen sie immer samstags. Warum eigentlich? Vielleicht, weil sie da mehr Zeit hatten? Am Sonntag arbeitet ja niemand. Aber das gab keinen rechten Sinn.

Als Uli am nächsten Morgen erwachte, hatte er ein eigenartiges Gefühl. Er war sich ganz sicher, daß er der Spur nach den Einbrechern ganz nahe war. Er wußte einfach: Sie hatten einen Fehler gemacht. Auf dem Schulweg, in den Pausen, ja sogar im Unterricht – ständig war es ihm, als wäre er kurz vor der Lösung des Geheimnisses. Er kam sich vor wie einer, der etwas sagen will, was er gerade wieder vergessen hat, dem es aber auf der Zunge liegt.

Nach der Schule stand er wieder in seinem Zimmer vor dem Wandkalender. Gedankenverloren blätterte er darin.

Auf einmal faßte er sich an den Kopf. »Mensch«, flüsterte er, »daß ich da nicht eher draufgekommen bin . . . !«

Uli sprang auf sein Fahrrad und sauste zu Pepp und Muck. Unterwegs hielt er kurz bei Banni an.

»Was ist denn los, Uli? Du hast ja einen ganz roten Kopf!«

»Wir haben die heiße Spur!«

Mehr verriet er noch nicht.

Wenig später saßen sie schon in Mucks Zimmer. Das heißt: Pepp, Muck und Banni saßen. Uli war viel zu aufgeregt dazu. Er lief unruhig auf und ab.

Noch immer sagte er nichts. Noch einmal alles gut überlegen. – Doch, das war die Fährte zu den Einbrechern!

»Na, sag endlich was«, drängte Pepp.

»Wann seid ihr in Urlaub gefahren?«

»Am 27. Juli«, antwortete Banni wie aus der Pistole geschossen.

»Ihr doch nicht. Ich meine Pepp und Muck.«

»Ach so . . .«

Pepp kratzte sich am Kopf. »Das war im Sommer . . .«

»Kann ich mir denken. Aber an welchem Tag?«

»An einem Samstag, das Datum hab' ich vergessen.«

»Kann es der 2. August gewesen sein? Der erste Samstag im August?« Ulis Stimme zitterte etwas vor Aufregung.

»Mensch, Uli, das stimmt! Woher weißt du das denn?« Pepp riß erstaunt den Mund auf.

»Das weiß ich von den Einbrechern!«

»Oh, oh . . .«, stöhnte Banni und sein Gesicht verformte sich.

»Von – den – Einbrechern?« wiederholte Pepp ungläubig.

»Ja, denn in der Nacht vom 2. auf den 3. August haben sie bei euch eingebrochen.«

»Stimmt. Na, und . . .?«

»Sie haben immer samstags eingebrochen. Soll ich euch sagen, warum?«

Bannis Gesicht verformte sich noch mehr. Gleich mußte sein Kopf auseinanderbrechen . . .

»Es waren immer Samstage oder sagen wir besser Wochenenden, an denen . . .«

Uli steigerte die Spannung noch mehr.

». . . an denen ihr weggefahren seid. Stimmt's?« Ulis Gesicht leuchtete.

»Am Palmsonntag, an Pfingsten, dann euer Urlaub und das letzte Mal am Erntedankfest.«

»Ja.« Pepp wurde es ganz schwach im Magen. Er spürte, daß Uli noch nicht am Ende seiner Gedanken war.

»Ja, Vater fährt an so Feiertagen gerne weg.«

»Aber«, begann Muck, »was nützt es uns, daß wir das jetzt wissen?« Er war zwar auch beeindruckt, aber er wollte vor allem wissen, wie sie jetzt weiterkämen.

Uli schaute ihm direkt ins Gesicht. »Muck, das ist die heiße Spur!«

»Versteh' ich nicht.«

»Ich – auch – nicht . . .«, stotterte Banni leise.

»Die Einbrecher wissen offensichtlich, wann ihr wegfahrt. Dann kommen sie, weil sie niemand mehr hören kann. Ihr einziges Risiko wäre noch die Alarmanlage . . .«

»Die war bisher noch nie ein Risiko!« unterbrach ihn Muck.

»Und weil wir das alles wissen«, fuhr Uli unbeirrt fort, »darum können wir sie fangen.«

»Jetzt sag' doch endlich, wie du dir das vorstellst!« Pepp platzte beinahe vor Ungeduld.

»Also bisher hat doch bei ihnen alles so gut geklappt, daß sie vielleicht noch einmal wiederkommen...«

»Kann ja sein, Uli. Aber wir wissen doch nicht, wann.«

»Doch Pepp. *Ich* weiß, wann!« In aller Ruhe zog Uli einen kleinen Taschenkalender aus der Jacke.

»Hier – am 22. November kommen sie vielleicht.«

»Warum denn gerade da?«, wollte Muck wissen.

»Mensch! Kapiert ihr denn gar nichts? Sie kommen immer, wenn ihr wegfahrt. Und der 22. November ist der Samstag vor dem Totensonntag. Da fahrt ihr doch wieder weg, oder?«

»Ja, Vati hat schon so was gesagt...« Pepp war sprachlos. Dieser Uli!

»Vielleicht kommen sie aber auch erst am 29. November, das ist der Samstag vor dem Ersten Advent. Auf jeden Fall können wir jetzt etwas unternehmen.« Zufrieden steckte Uli seinen Kalender wieder ein.

Banni blickte einen nach dem andern an. Sein Gesicht hatte sich so weit verbogen, daß es schien, als würden die Muskeln diese Haltung nie mehr ändern können. Alles war verzerrt. Denn er verstand überhaupt nichts...

Nachdem sich Pepp, Muck und auch Uli etwas beruhigt hatten, erklärten sie ihm alles. Sie wurden nur durch ein häufiges »Oh, oh« unterbrochen. Ansonsten hörte Banni mit weit geöffnetem Mund zu. Dann schmiedeten sie zusammen einen Plan. Uli und Banni würden in der betreffenden Nacht vor dem Lager Wache schieben. Pepp und Muck mußten ja mit den Eltern wegfahren, damit die nichts merkten.

Eigentlich hätten die Jungen ja zur Polizei gehen sollen. Aber sie wollten den Fall selbst lösen. Uli machte sich auch keine Gedanken darüber, was Gott von ihren Plänen hielt. Er war so voller Begeisterung, daß er gar nicht an Jesus dachte.

Schnell war der 22. November gekommen. Herr Strohmann fuhr mit seiner Familie übers Wochenende fort.

Kurz nach neun Uhr abends schlichen sich Uli und Banni von daheim weg. Hoffentlich merkten die Eltern nichts...

Gegenüber dem Eingang der Lagerhalle versteckten sie sich auf der anderen Straßenseite hinter einem Gebüsch. Leichter Nieselregen fiel, und ab und zu fuhr ein kräftiger Windstoß durch die Bäume hinter ihnen. Es war richtiges Novemberwetter. Die nebelige Straße wurde durch die Straßenlampen nur schwach erhellt. Der Mond war hinter dichten, grauen Wolken verborgen.

Uli hatte sich mit seiner Spielzeugpistole bewaffnet, und Banni hatte eine Steinschleuder mitgebracht. Im stillen hoffte Uli, daß Banni sie nicht benutzen würde. Das letzte Mal hatte er sich mit dem Gummi auf die eigene Backe geschossen...

Beide fühlten sich – offen gestanden – nicht recht wohl in ihrer Haut. Wenn die Einbrecher wirklich kamen, was sollten sie dann tun?

Uli hatte zwar seinen alten Fotoapparat mit einem Blitzlichtgerät dabei. Damit wollte er die Diebe fotografieren. Mit einem Bild würde man sie bestimmt leichter fassen können. Aber würden die sich so einfach knipsen lassen? Wenn die das Blitzlicht sahen, dann hieß es: Nichts wie weg! Und wenn die Halunken schneller waren?

Uli versuchte, an etwas anderes zu denken. Ihm fiel die Jungscharstunde vom Nachmittag ein. Der Jungscharleiter hatte davon gesprochen, daß man einige Dinge zu einem Leben mit Jesus braucht. Uli hatte es sich gut gemerkt: Bibellesen, Gebet und Gemeinschaft mit anderen, die auch zu Jesus gehören.

In der Bibel lese ich eigentlich nie, überlegte er nun. Beten? – Das tue ich schon ab und zu. Und zur Jungschar? – Da gehe ich immer hin. Ob ein Leben mit Jesus wirklich so aussieht, wie ich es führe? Eigentlich hat sich bei mir fast nichts geändert... Aber was war das?

Ein alter Volkswagen kroch in etwa 20 Meter Entfernung um die Straßenecke. Im Nebel konnten Uli und Banni ihn nur verschwommen sehen.

Sie duckten sich noch mehr hinter dem Gebüsch. Er kam näher, fuhr vorbei und dann verschwanden die Rücklichter des Wagens wieder in der Nacht.

Uli schüttelte den Kopf. Hier im Industriegebiet war aber nachts auch wirklich gar nichts los. Strohmanns waren weg, und der nächste Nachbar wohnte ungefähr 50 Meter entfernt.

Inzwischen war es kurz vor Mitternacht. Unsere Freunde waren durchgefroren und zitterten schrecklich. Uli schaute zu Banni. Wirklich ein treuer Freund, auf den kann man sich verlassen, dachte er. Als hätte Banni seine Gedanken erraten, lächelte er etwas.

Es wurde ein Uhr, zwei Uhr – nichts tat sich. Neben der Kälte machte sich nun auch immer mehr die Müdigkeit bemerkbar.

Wenn das ihre Eltern wüßten! Aber die dachten, daß die Jungs gemütlich im warmen Bett lagen und schliefen. Sie hatten sich nur gewundert, daß sie so früh ›schlafen‹ gegangen waren.

Bannis Zähne schlugen aufeinander. »Mmmennnsch, isttt dddas kkkalttt. Da hab ich vvvier Pullover an und ffffrier' immer nnnoch.« Uli lachte. Banni sah aus wie ein ausgestopfter Osterhase.

Sie warteten und warteten. Aber in dieser Nacht tat sich nichts. Enttäuscht schlichen sie gegen fünf Uhr morgens nach Hause. Sie waren völlig durchgefroren und todmüde.

Hatte sich Uli getäuscht? Hatte er doch nicht die heiße Spur gefunden? Oder kamen die Diebe einfach nicht mehr?

Uli wollte es noch einmal versuchen. Vielleicht klappte es am nächsten Samstag, am 29. November.

3. Nächtliche Jagd

Banni hatte eine Schwester. Sie hieß Sandra und war ein Jahr jünger als er.

Nach der kurzen Nacht saß Banni ziemlich verschlafen am Frühstückstisch. Er ahnte nicht, daß ihn eine böse Überraschung erwartete. Sandras Augen funkelten an diesem Morgen listig. Aber Banni bemerkte das nicht.

Sofort nach dem Frühstück folgte sie ihm auf sein Zimmer. Verblüfft schaute Banni sie an. Sogar er spürte, daß etwas nicht stimmte.

»Na, Brüderchen, gut geschlafen?«

Ihre Stimme klang so weich wie die Samtpfoten einer Katze.

Banni war – natürlich – sofort völlig durcheinander. Was wollte sie denn?

»Äh – wie – äh – ich meine, was...«

»Wo hast du dich denn letzte Nacht herumgetrieben?« Ihre Augen schienen ihn zu durchbohren. »Ich hab' gestern abend ein Geräusch gehört, da bin ich aufgestanden, komme in dein Zimmer – und was meinst du, was ich da gesehen habe?«

Banni schluckte und riß die Augen weit auf. Was mochte Sandra wohl in seinem Zimmer gesehen haben...?

»Dein Zimmer war leer!«

Aus der Samtpfötchen-Stimme war eine schrille Kreissäge geworden.

Banni versuchte erst gar nicht zu leugnen. Es hatte ja doch keinen Sinn.

So erfuhr seine Schwester von der Suche nach den Einbrechern.

Kaum hatte Banni ausgeredet, da forderte Sandra auch schon: »Wir wollen da aber auch mitmachen!«

»Wiiir?« Dieses Wort war sogar Banni aufgefallen.

»Ja, meine Freundin Meggi und ich.«

»Ich weiß nicht...« Bannis Stimme klang schwach. Was würden Pepp, Muck und Uli sagen, daß Mädchen – er wiederholte in Gedanken dieses Wort: *Mädchen* –, daß solche Wesen also mitmachen sollten?

»Ich weiß nicht ...«, wiederholte er kopfschüttelnd.

»Aber ich weiß es!« Triumphierend verließ Sandra das Zimmer, um Meggi anzurufen.

Sie hatte sofort begriffen, daß es hier um eine ganz tolle Sache ging.

Als Banni seinen Freunden am nächsten Tag von seinem Mißgeschick erzählte, herrschte Totenstille. Alle waren sprachlos.

Sie kannten natürlich Sandra und wußten, daß sie und Meggi unzertrennliche Freundinnen waren.

Uli fand als erster die Sprache wieder: »So wie es aussieht, müssen wir *sie* wohl mitmachen lassen.«

Das Wörtchen ›sie‹ betonte er ähnlich, wie Banni in seinen Gedanken ›Mädchen‹ gedacht hatte. Pepp und Muck nickten nur verzweifelt.

So kam es, daß Radieschen (Sandra) und Meggi am nächsten Tag mit den Jungen in Ulis Zimmer saßen.

Uli erklärte ihnen die ganze Geschichte. Als er fertig war, fragte Radieschen:

»Wir werden also am Samstag vor dem Ersten Advent wieder auf der Lauer liegen?«

Uli schluckte. Wir ...!

»Banni und ich schon –, aber mehr sollten nicht mit.« Nur mit Mühe konnte er die Mädchen überzeugen, daß es reichte, wenn sie zu zweit gingen.

Endlich gaben Radieschen und Meggi nach. »Also gut. Aber danach erfahren wir alles, ja?«

»Ist doch klar ...!« Erleichtert atmete Uli auf.

Hätten er und die Freunde gewußt, wie sehr ihnen Radieschen noch helfen sollte, hätten sie sie bestimmt freundlicher aufgenommen ...

Es war der 29. November. Uli und Banni saßen wieder in der Nähe des Lagers hinter dem Gebüsch. Diesmal war es nicht so neblig, aber der Himmel war wieder grau und wolkenverhangen. Hoffentlich begann es nicht auch wieder zu regnen.

Uli und Banni hatten auch diesmal ihre Waffen und den Fotoapparat dabei. Sie waren noch dicker und wärmer angezogen als das letzte Mal.

»Ob sie heute kommen werden, Banni?« Uli beobachtete aufmerksam die Straße.

»Wenn sie noch mal einbrechen sollten, warum dann nicht heute nacht?« sagte Banni leise. »Und wenn sie da sind, dann schnell ein Bild geschossen und nichts wie weg!«

Uli nickte.

Es war ein eigenartiges Gefühl, nachts allein in dieser ausgestorbenen Gegend zu hocken. Sie kamen sich wie Polizeibeamte vor. So, wie man sie ab und zu in Filmen sieht. Und sie waren auch genauso hartnäckig. Sie warteten und warteten . . .

Es war schon gegen zwei Uhr, als ein kleiner Lieferwagen um die Straßenecke geschlichen kam. Die Scheinwerfer leuchteten schwach. So, als wären sie sehr schmutzig.

Der Lieferwagen fuhr bis unmittelbar vor die Lagerhalle. Fast lautlos öffnete sich die Beifahrertür, und ein Mann sprang heraus. Er warf kurz einen Blick auf die verlassene Straße und ging zur Lagerhalle.

Uli und Banni hielten die Luft an. Sie rutschten unwillkürlich enger zusammen und verwuchsen fast mit dem Gebüsch, so sehr drückten sie sich hinein. Der Mann war schon einige Zeit im Dunkel verschwunden. Da öffnete sich das große Eingangstor der Halle. Der Wagen fuhr direkt bis zur Laderampe. Sofort stieg ein zweiter Mann aus. Auch er verschwand im Lagerhaus. Der Kleinlaster war leer. – Oder?

Vor lauter Aufregung hatte Uli gar nicht an seinen Fotoapparat gedacht.

»Mensch, was machen wir denn jetzt?« fragte Banni leise. »Sollen wir hier warten, bis sie fertig sind und wieder abhauen?«

»Nee, auf keinen Fall!« flüsterte Uli zurück. »Die Alarmanlage macht wieder keinen Muckser. Versteh' ich nicht.«

Er überlegte noch kurz, was sie tun konnten. »Du, Banni, am besten rennst du zu einer Telefonzelle. Dort die Straße runter, da ist eine. Dann rufst du die Polizei an und sagst, daß hier eingebrochen wird. Hast du Kleingeld zum Telefonieren?«

Banni nickte. »Das schon, aber willst du hier allein bleiben?«

»Einer muß doch aufpassen. Wer weiß, was vielleicht noch kommt. Los, mach schon!«

Besorgt warf Banni einen letzten Blick auf Uli. Dann lief er gebückt den Gehsteig entlang. Uli schaute ihm nach, bis er an der Straßenecke verschwunden war. Banni nutzte geschickt jeden Schatten aus. Er war kaum zu sehen.

Nun war Uli allein. Und wenn sie ihn entdeckten? Ach, wie sollten sie das. Beide Männer waren ja im Lager. Sollte er ihnen nachschleichen und sie direkt am Eingang fotografieren? Das war gefährlich, – aber wenn es gelang, dann hatte er sie auf frischer Tat gestellt.

Wer weiß, wann die Polizei kommt, dachte er. Er holte tief Luft, richtete sich etwas auf und schlich vorsichtig los. Bei jedem Schritt erwartete er, daß einer der Männer aus dem Lagerhaus kam. Schon hatte Uli den Kleinlaster erreicht. Er schlich daran vorbei zum Eingangstor.

Uli wußte nicht, daß ein dritter Einbrecher im Auto saß, um aufzupassen. Der öffnete leise die Tür des Wagens und kam von hinten auf den Jungen zu. Doch Uli war so auf den Eingang der Halle konzentriert, daß er es nicht bemerkte.

Der Mann hatte ihn schon fast erreicht, da hörte Uli ein leises Geräusch hinter sich. Sofort drehte er sich um.

Für einen Augenblick erstarrte er vor Schreck. »Was machst du denn hier?« fragte der Mann und wollte ihn am Arm packen.

Aber nun löste sich Uli aus seiner Erstarrung und rannte los. Wohin? Direkt in die Lagerhalle hinein.

»Paßt auf, der Junge, der schnüffelt!« rief der Einbrecher seinen Komplizen in der Halle zu.

»Wo?« kam es erstaunt zurück.

»Bei euch, gerade reingerannt!«

Uli versuchte, zwischen den Kartons ein Versteck zu finden. Das war gar nicht so leicht. Es war ja dunkel. Nur von den Straßenlampen drang ein wenig Licht herein.

Er schlich sich gerade um einen der großen Pappkartons herum, als er etwa fünf Meter vor sich einen Lichtschein sah.

»Ach, wen haben wir denn da?« rief eine tiefe, krächzende Stimme.

Blitzschnell drehte sich Uli um und rannte zurück. Aber auch von da kam auf einmal Licht. Unsicher eilte er noch ein paar Schritte vorwärts, blieb dann stehen und schaute zur Seite.

Dort entdeckte er zwischen mehreren großen Kartons einen schmalen Spalt. Wo der wohl hinführte? Vielleicht saß er in der Falle, wenn er dort hineinschlüpfte. Aber er mußte es wagen, es gab keinen anderen Weg. Ein Sprung – und er zwängte sich hindurch.

»Warte nur!« hörte er hinter sich.

»Fällt mir doch gar nicht ein!« schrie er zurück. Hinter dem Spalt kam er im nächsten Gang zwischen den gestapelten Elektrogeräten heraus.

Die beiden Männer versuchten, ihm zu folgen, aber sie waren zu dick. Nun liefen beide um die Kartons herum.

Dadurch gewann Uli etwas Zeit. Wo konnte er hin? Doch schon hörte er sie schwer atmend näherkommen. Sie kamen von beiden Seiten. Wo sollte er bloß hin? Schnell schlüpfte er nochmals durch den Spalt und kam wieder auf der anderen Seite heraus.

So primitiv der Trick auch war, er gelang. Zu spät merkten die Halunken, daß er sie an der Nase herumgeführt hatte.

»Wir kriegen dich schon noch!«

Erst mal sehen, dachte Uli.

Er brauchte unbedingt ein gutes Versteck. Fand er nun keines, würden sie ihn bestimmt auf kurz oder lang kriegen.

Wo blieben aber Banni und die Polizei?

Bei Banni ging alles schief. Die Telefonzelle war nämlich kaputt. Als er den Hörer abnahm, kam kein Freizeichen. Die Leitung war tot.

Sofort rannte Banni los, um eine andere Telefonzelle zu finden. Hier im Industriegebiet gab es aber nur zwei. Endlich, nach fast zehn Minuten verzweifelter Suche, fand er diese zweite Zelle. Sie lag am Ende des Industriegebietes.

Banni atmete auf, als er das Freizeichen hörte, und warf schnell seine Geldstücke ein.

Doch was war das? Das durfte doch nicht wahr sein! Ein Geldstück fiel durch...

Was nun? Sollte er zurück zu Uli? Aber dann entkamen die Verbrecher. Es gab nur einen Weg: Er mußte zur Polizei rennen.

Bis dahin brauchte er mindestens 15 Minuten, – selbst, wenn er schnell lief.

Und Banni rannte, so schnell er konnte. Hätte er gewußt, in welcher Lage Uli war, wäre er vielleicht noch schneller gerannt. Wenn das überhaupt möglich gewesen wäre.

Zu allem Überfluß vertrat er sich auch noch den Fuß. Nun humpelte er mit zusammengebissenen Zähnen weiter.

Uli sah soeben eine Möglichkeit, sich zu verstecken. Direkt vor ihm waren einige Kartons bis fast unter die vier Meter hohe Decke gestapelt. Und die Verpackungen rechts davon bildeten so etwas wie eine Treppe. Kam er da nach oben und wurde dabei von den Männern nicht gesehen, dann war er in Sicherheit. Da oben fand ihn keiner.

Schnell ein Schritt nach rechts, auf einen großen Karton geklettert. – Stück für Stück kam er nach oben.

Nach wenigen Sekunden lag er in gut drei Meter Höhe auf dem Bauch. Unter sich hörte er die Stimmen der Männer.

»Wo ist der Kerl bloß?«

»Vielleicht ist er noch mal durch den Spalt?«

»Quatsch, der muß woanders sein.«

»Als wenn ihn der Erdboden verschluckt hätte . . .«

Dann hörte Uli leises Geflüster, er konnte aber nichts verstehen. Vermutlich überlegten sie, wie sie ihn suchen sollten.

Auf einmal war es still, vollkommen still. Irgendwo in der Ferne schlug eine Kirchturmuhr, und Uli hörte sogar den Wind, der draußen durch die Baumäste fuhr.

Erst jetzt wurde er sich der Gefahr bewußt, in der er schwebte. Mit solchen Verbrechern war nicht zu spaßen. Und er hatte sie gesehen. Er war Zeuge ihres Tuns. Wenn sie ihn erwischten, dann . . . Aber für den Augenblick war er in Sicherheit.

Auf einmal fiel ihm sein Fotoapparat wieder ein. Wenn Banni nicht bald mit der Polizei kommt, hauen die Einbrecher noch ab, dachte er. Dann haben wir wieder nichts Richtiges erreicht!

Daß bei Banni etwas schiefgelaufen war, konnte sich Uli inzwischen denken.

Vorsichtig zog er den Apparat aus seiner Anoraktasche. Er setzte den Blitz auf und rutschte leise ein Stückchen nach vorn. Nun konnte er hinuntersehen. Die gestapelten Kartons wackelten etwas, aber das merkte niemand.

Unten war alles leer. Im Dämmerlicht des Lagers war kein Mensch zu sehen. Doch Uli war sicher, daß sie noch immer nach ihm suchten.

Da! Einer seiner Verfolger kam gerade um die Ecke. Wenig später tauchte auch der zweite auf. Der dritte war wohl wieder draußen und paßte auf. Doch die anderen blieben genau unter Ulis Versteck stehen. Besser konnte er es sich gar nicht wünschen.

Uli dachte nur an sein Bild. Er überlegte nicht, was passieren würde, wenn der Blitz aufflammte. Schon hatte er die beiden im Sucher und drückte ab. Das weiße Blitzlicht zerriß die dämmrige Finsternis.

Augenblicklich wurde Uli klar, daß er sich verraten hatte. Nun begann das »Indianerspiel« von neuem. Schnell steckte er die Kamera in die Tasche und suchte nach einem Fluchtweg.

»Der Kerl!« hörte er von unten.

»Hat der uns etwa geblitzt?«

»Meinst du vielleicht, das war 'n Gewitter? – Da oben ist er. Na warte, Bürschchen, wenn wir dich kriegen . . .«

Uli rutschte nach hinten, verlor den Halt und fiel nach unten. Er schlug sich den Arm etwas an, aber sonst geschah ihm nichts. Sofort war er auf den Beinen. Er brauchte ein neues Versteck!

Ziellos rannte er zwischen den Gängen hin und her, die Männer immer nah auf den Fersen.

»Da vorne ist er ja!« hörte er knapp hinter sich.

»Mensch!« schrie der Mann mit der krächzenden Stimme, als Uli in die Nähe der Büroräume kam. »Da darf er nicht hin . . .!« Uli verstand nicht, was er meinte.

Da! – eine laute Hupe, die nicht aufhören wollte. Uli hatte offensichtlich einen Alarm ausgelöst. Aber wie?

Darüber konnte er sich jetzt keine Gedanken machen. Die Männer waren ihm ja direkt auf den Fersen. Doch als die Hupe ertönte, blieben sie stehen.

»Wir müssen weg!« schrie der eine.

»Aber der hat uns doch geblitzt.«

»Egal! Wir müssen weg, sonst blitzen uns die Polypen auch gleich noch.«

Uli hörte, wie sich die Schritte entfernten. Dann wurde das Tor zugeschlagen, und der Kleinlaster raste davon.

Atemlos blieb Uli in der Lagerhalle stehen. Immer noch dröhnte die Hupe.

Inzwischen war Banni endlich bei der Polizeiwache angekommen. Schnell hatte er den Beamten das Wichtigste erzählt.

Als Uli den Alarm auslöste und bei der Polizei ein automatischer Notruf vom Elektrolager eintraf, saß Banni schon im Polizeiwagen. Begeistert rutschte er auf dem Sitz hin und her. An den Häuserwänden sah er das gespenstische Flackern des Blaulichts. Schade, daß seine Klassenkameraden ihn jetzt nicht sehen konnten . . .

Nun rasten insgesamt drei Wagen zur Lagerhalle.

Uli war gerade durch das jetzt unverschlossene Tor auf die Laderampe getreten, als die Streifenwagen mit kreischenden Bremsen hielten.

»Da ist ja mein Freund!« rief Banni erleichtert. Traurig sah Uli die Polizisten an. »Sie sind weg.«

Die Beamten umringten ihn, und er erzählte, was sich zugetragen hatte.

Doch von dem Bild erwähnte er nichts. Uli wollte erst wissen, ob es etwas geworden war. Er wollte sich ja schließlich nicht blamieren. War das Bild gelungen, konnte er immer noch zur Polizei gehen.

Während die Polizei in der Lagerhalle nach Spuren suchte, wurden Uli und Banni nach Hause gefahren. Die Eltern staunten nicht schlecht, als sie von der Polizei aus dem Schlaf gerissen wurden. Aber außer einem kurzen Krach gab es zunächst einmal nichts, weil die Jungen todmüde waren.

Bald lagen sie im Bett und schliefen sofort ein.

4. Sandras Trick

Am Montag standen unsere Freunde in der großen Pause zusammen. Natürlich waren jetzt auch Radieschen und Meggi dabei.

»Uuaaa!« Banni erschien als letzter. Er war immer noch müde.

»Na, wie war es nun genau, Uli?« wollte Pepp wissen. »Was du gestern unserm Vater gesagt hast, haben wir zwar mitgekriegt. Aber...«

»Viel gibt es da nicht mehr zu erzählen«, begann Uli und schilderte kurz seine Erlebnisse. Dann fragte er:

»Pepp, was hat denn euer Vater noch gesagt? Bei mir war er so einsilbig.«

»Ach, nicht mehr viel. Wir sollten solche Abenteuer bleiben lassen, hat er gemeint. Aber ich denke, daß er eigentlich froh ist, daß wir's gemacht haben. Nun kommen die Einbrecher bestimmt nicht wieder. Nur«, Pepp zog die Stirn in Falten, »wißt ihr, warum die Alarmanlage stumm geblieben ist? – Die war ausgeschaltet! Nur die Büroräume waren noch abgesichert. Wer das bloß gemacht hat?«

»Das war bestimmt der, der die Einbrecher immer informiert hat. Als ich in die Nähe vom Büro kam, rief einer von den Halunken: ›Da darf er nicht hin.‹ Die kannten sich also genau aus.«

»Hm«, Pepp zuckte die Achseln.

»Wer kennt sich denn bei euch im Betrieb mit der Alarmanlage aus?«

»Vater ist vorsichtig, Uli. Dir hat er ja auch nicht gesagt, wie alles funktioniert. Noch nicht einmal Muck und mir hat er verraten, wie du den Alarm vor dem Büro ausgelöst hast. Da schweigt er wie ein Grab. Nur der Lagerverwalter weiß noch was davon. Wenn es nicht doch irgendwie durchgesickert ist.«

»Kann der Lagerverwalter es nicht weitergesagt...«

»Nein, Uli«, fiel ihm Muck ins Wort. »Der ist in Ordnung. Ist ein alter Schulfreund von Vater. Auf den läßt Vater nichts kommen.«

»Uli, mal 'ne ganz andere Frage«, schaltete sich Meggi ein, »was haben denn eigentlich eure Eltern zu allem gesagt?«

»Ach, war halb so schlimm, nicht wahr, Banni? Und die Polizei hat uns sogar gelobt.«

»Ja. Aber die Beamten haben gemeint, das nächste Mal sollen wir ihnen die Arbeit überlassen. Es wäre zu gefährlich für uns.«

»Ach die . . .«, meinte Pepp lässig.

Uli drehte sich vorsichtig um. »Etwas«, begann er geheimnisvoll, »etwas habe ich der Polizei nicht gesagt.«

Erwartungsvoll schauten die Freunde ihn an.

»Ich habe nämlich –«, Ulis Stimme wurde noch leiser, »ein Bild von den Einbrechern gemacht. Aber ich will erst wissen, ob es was geworden ist. Sonst steh' ich ganz schön dumm da. Deshalb hab' ich geschwiegen.«

»Und – wenn's was geworden ist, bringst du's dann zur Polizei?« Radieschen grinste.

»Ich weiß noch nicht . . .«

»So dumm wirst du sein!« Muck strahlte übers ganze Gesicht. »Die Halunken fangen wir selber. Wenn wir erst mal ein Bild haben, werden wir die schon ausfindig machen.«

»Ich hab' zwar keine Ahnung, wie du das anstellen willst, Muck«, unterbrach ihn Pepp, »aber jetzt muß erst mal der Film entwickelt werden.« Er wandte sich an Uli. »Wenn du ihn in das Fotogeschäft bringst, das dauert doch viel zu lang. Wir könnten doch die Bilder auch selbst entwickeln . . .«

»Waaas?« Banni verzog wieder sein Gesicht. »Selber entwickeln? Wo willst du denn das Labor hernehmen und die teuren Geräte und . . .«

»Ist schon gut, Banni«, Radieschen winkte ab. »Wir werden das schon hinkriegen, nicht wahr, Uli?«

»Ja. Entwickeln können wir auch in ein paar Schüsseln. Wir brauchen also nur die nötigen Chemikalien und einen dunklen Raum. – Habt ihr Geld dabei?«

Sie legten ihre Groschen zusammen. Hoffentlich reichte es.

Sie konnten es kaum erwarten, bis die Schule zu Ende war. In einem Fotogeschäft kauften sie den Entwickler und das Fixierbad. Uli notierte sich, wie sie den Film entwickeln sollten. Freundlich hatte ihnen der Verkäufer alles erklärt.

Gegen Abend trafen sie sich bei Uli. Er hatte seine Mutter

überreden können, daß sie zum Entwickeln ins Bad durften. Um was es sich genau handelte, wußte sie natürlich nicht. Mit dunkler Pappe und einer dicken Wolldecke hatte Uli den Raum verdunkelt.

Nun standen sie alle im Bad. »Ist es auch wirklich ganz dunkel?« fragte Pepp. »Der Fotomensch hat doch gesagt, es darf überhaupt kein Lichtschein da sein, sonst ist der Film futsch.«

Sie löschten das Licht. Jetzt war es völlig dunkel – oder?

Als sich die Augen an die Finsternis gewöhnt hatten, merkten sie, daß zum Schlüsselloch und zu einem Türspalt noch etwas Licht hereinschien.

»Wenn sich Banni davor stellt, kann es klappen«, kommandierte Radieschen. Es klappte.

Sie schalteten das Licht wieder an, und Uli löste das Entwicklungspulver in Wasser auf. Dann wurde auch das Fixierbad zubereitet. Uli schüttete die Flüssigkeiten in zwei alte Plastikschüsseln. Schließlich füllte er das Waschbecken mit Wasser. Es konnte losgehen.

»Und wie willst du nun den Film entwickeln?« Natürlich war es Banni, der diese Frage stellte.

»Wenn es dunkel ist, öffne ich den Film hier«, erklärte Uli.

»So lange willst du warten?« fragte Banni entsetzt.

»Wie lange?« Uli verstand nicht, was er meinte.

»Na, bis es dunkel ist . . .«

»Banni! Also, noch mal. Wir machen das Licht aus, kapiert?« Banni nickte. »Dann öffne ich den Film und lege ihn in den Entwickler. Aber so, daß er nicht zusammenklebt. Nach zwölf Minuten nehme ich ihn wieder heraus und ziehe ihn kurz durchs Wasser. Dann kommt er ins Fixierbad. Dort bleibt er nur fünf Minuten drin. Danach muß er gut gewässert werden, damit alles Fixierbad aus dem Film gespült wird. Sonst geht er bald kaputt. Dabei können wir das Licht aber wieder anmachen.«

»Ähä – und was passiert eigentlich in all den Flüssigkeiten?«

»Ich versuch' dir's zu erklären, Banni«, erwiderte Pepp. »Schau mal, zuerst wird der Film entwickelt. Wo also Licht drauf ist, das wird schwarz oder grau. Im Fixierbad wird der Film dann lichtunempfindlich.«

»Licht-un-em-pfind-lich«, buchstabierte Banni.

»Das heißt: man kann ihn sich angucken. Das Licht macht ihm nichts mehr aus.«

»...macht ihm nichts mehr aus.« Banni war schrecklich durcheinander.

»Nun fang aber endlich an, Uli!« Muck wurde ungeduldig.

»Hoffentlich klappt's.«

Kaum war das Licht ausgeschaltet, begann Uli im Dunkeln zu arbeiten. Wenn das nur gut ging... Aufgeregt warteten sie die vorgeschriebenen Zeiten ab. Dann war es soweit. Der Film kam vom Fixierbad ins Wasser.

»Licht an!« befahl Uli. Hoffnungsvoll starrten sie ins Waschbecken. Uli schluckte. »Die Bilder, die ich früher gemacht habe, sind ja ganz schön. Aber das Bild aus dem Lagerraum – da sieht man ja fast nichts! Das ist unterbelichtet. Bestimmt hab' ich vor Aufregung die Kamera verkehrt eingestellt.«

»Vielleicht sieht man doch noch was. Hol' den Film doch mal raus«, meinte Muck. Er gab die Hoffnung noch nicht auf.

Doch das Bild, auf dem die Einbrecher sein mußten, war fast durchsichtig. Damit konnte man nichts anfangen.

Banni war am meisten verblüfft. »Das sollen Bilder sein? Ist ja alles verkehrt rum. Schwarz ist weiß und umgekehrt. Vielleicht hast du die Chemikalien verwechselt, Uli.«

»Ach du!« entfuhr es Pepp ärgerlich, »das ist doch erst das Negativ. Von dem macht man dann die Bilder. Die sind schon richtig rum...«

Uli stöhnte. »Das ist also nichts geworden. So ein Mist!«

Enttäuscht gingen die Freunde wenig später nach Hause.

Tage vergingen. Sie hatten sich schon fast damit abgefunden, daß sie gescheitert waren. Da führte sie ausgerechnet Banni auf den richtigen Weg. Es war nach der Schule, als sie noch ein wenig im Schulhof zusammenstanden.

»Pepp, wißt ihr irgendwas Neues von der Polizei?«

»Nein, Uli. Die sind überhaupt nicht weitergekommen. Vater ist vielleicht sauer, weil sie gar nichts rauskriegen.«

»Wie sollen sie aber auch«, erwiderte Uli. »Wenn wir nur das Bild hätten! Ich konnte die Halunken noch nicht mal richtig beschreiben. Vor Aufregung hab' ich nicht darauf geachtet, wie sie genau aussahen. Hätte ich mir das gemerkt, das wär' gescheiter gewesen, als zu fotografieren.«

»Wenn man das Bild nachentwickeln könnte, damit man mehr sieht«, meinte Banni leise.

»Ach, das geht doch nicht«, Radieschen winkte ab. »Entwickelt ist entwickelt. Da kann man nichts mehr ändern.«

Uli schaute nachdenklich zu Boden. »Man könnte ja mal im Fotogeschäft fragen. Vielleicht gibt's doch eine Möglichkeit. Ich bilde mir ein, ich hab' schon mal so was gehört oder gelesen.«

Sofort gingen sie zum Fotogeschäft.

»Das mit dem Entwickeln hat ganz gut geklappt«, begann Uli. »Aber gerade das Bild, das uns am wichtigsten ist, ist nichts geworden.«

»Schade.« Der Verkäufer hinter der Ladentheke lächelte.

»Das Bild ist unterbelichtet. Kann man da gar nichts mehr machen, daß man vielleicht doch mehr sieht?«

»Vielleicht schon – aber dazu sollte ich das Negativ erst mal sehen. Dann kann ich dir sagen, ob es geht.«

Uli verzog das Gesicht. Sie wollten doch ihr Geheimnis nicht preisgeben.

»Das geht schlecht, aber – aber was kann man denn da machen?«

»Man kann das Negativ nachbehandeln. Dabei wird durch ein Spezialmittel Metall zur Erhöhung der Bilddichte angelagert.«

»Oh, oh . . .«, stöhnte Banni.

Der Verkäufer lachte. »Die zu hellen Stellen werden dann dunkler, und man sieht was.«

Das verstand sogar Banni. »Mensch, klasse! Dann könnten wir das Bild doch noch retten! Damit gehen wir zur Poli – Aua!« Muck hatte ihm kräftig gegen das Schienbein gehauen.

Doch der Verkäufer war hellhörig geworden. »Was ist los?«

»Ach, der Kerl spinnt manchmal«, sagte Radieschen ärgerlich.

»Wolltest du Polizei sagen, mein Junge?«

»Ich – äh – ich – meine . . .« Banni hatte inzwischen gemerkt, daß er sich böse versprochen hatte.

Nun versuchte Uli die Situation noch zu retten. »Wir haben da was fotografiert, wo Banni – also der da«, er deutete auf Banni, »wo er denkt, daß es für die Polizei wichtig wäre.«

»Und warum bringt ihr das Bild nicht einfach zur Polizei?

Ihr denkt doch alle, daß es wichtig wäre, nicht wahr? Was habt ihr denn überhaupt fotografiert?« bohrte der Verkäufer weiter.

»Ach«, Uli winkte ab, »wer weiß, ob die das überhaupt brauchen können. Und zuerst müssen wir ja sowieso ein gescheites Bild haben.«

Er bemühte sich, das Thema zu wechseln. Bannis Gerede hatte ihn ganz schön ins Schleudern gebracht. »Haben Sie das Mittel denn da, mit dem wir das Bild vielleicht noch hinkriegen?« fuhr er fort.

Der Verkäufer zog die Stirn in Falten. Was für Spinnereien hatten die Kinder nur im Kopf? Ihm gefiel die ganze Sache nicht. Aber es ging ihn ja nichts an.

»Ich habe dieses Spezialmittel nicht vorrätig, aber ich kann es bestellen. In ein paar Tagen ist es da.«

»In ein paar Tagen?« entfuhr es Pepp.

»Ich kann euch heute höchstens sagen, aus was für Chemikalien ihr es euch mischen könnt und wie ihr es anwenden müßt.«

»Klasse!« Uli war begeistert. »Aber wo kriegen wir die Sachen dann her?«

»Der Apotheker hat sie bestimmt!«

Wenig später standen die Freunde in der Apotheke. Der ältere Besitzer hatte den Zettel mit den Angaben in der Hand und las leise: »Bromkalium, Quecksilberchlorid, Natriumsulfat – was habt ihr denn vor?«

Nachdem Uli es ihm kurz erklärt hatte, schüttelte er den Kopf. »Das kann ich euch nicht verkaufen.«

»Warum denn nicht?«

»Weil Quecksilberchlorid sehr giftig ist«, kam die kurze Antwort.

»Aber im Fotoladen haben wir den Entwickler und das Fixierbad doch auch bekommen. Und das ist bestimmt auch nicht das Gesündeste, wenn man das Zeug trinkt«, erwiderte Radieschen.

Der Apotheker lachte. »Ihr seht mir nicht so aus, als ob ihr Entwickler trinken würdet.«

»Nee, tun wir auch nicht«, grinste Muck, »wir sind doch nicht unterentwickelt.«

»Und auch nicht unterfixiert«, schloß sich Banni an. Nun lachten alle los.

Als sie sich wieder beruhigt hatten, begann Uli von neuem.

»Und wenn wir ganz vorsichtig sind? Wir werden das Zeug bestimmt nicht essen.«

»Das kann ich mir denken. Aber nein. Da müßt ihr schon eure Eltern schicken!«

Radieschen kniff die Augen zusammen. Sie hatte eine Idee.

»Können Sie uns das Zeug denn nicht wenigstens zeigen?«

»Was nützt euch das denn?«

»Ach bitte, ich möchte es mal sehen! Wenn wir's schon nicht kaufen dürfen.«

»Na, von mir aus.« Kopfschüttelnd nahm der Apotheker drei Gefäße aus dem Regal hinter sich und stellte sie auf den Ladentisch. Radieschen war jeder seiner Bewegungen mit den Augen gefolgt. Das waren sie also. Nur gut merken...

»So, nun zufrieden?«

»Ja, danke schön.« Radieschens Gesichtsausdruck war mehr als zufrieden.

»Gut. Dann gehen wir eben. Wenn Sie es uns nicht verkaufen dürfen...«

Draußen versammelten sie sich sofort um Radieschen. »Warum wolltest du das Zeug denn sehen?« Uli blickte sie aufmerksam an.

»Hm – ich habe da einen Gedanken...«

Schnell waren die Freunde eingeweiht. Ein toller Plan!

»Mensch, Sandra!« Vor lauter Achtung sagte Uli sogar ihren richtigen Namen. »Ein bißchen gewagt, aber müssen wir nicht alles versuchen?«

Am nächsten Nachmittag standen sie schon wieder in der Apotheke. Sie hatten ausgemacht, daß diesmal Meggi reden sollte.

»Könnten Sie uns mal aufschreiben, was man alles in einer großen Hausapotheke haben sollte?« begann sie schüchtern.

»Natürlich. Bis morgen reicht's doch bestimmt.«

»Äh, nee. Könnten Sie es nicht gleich aufschreiben?«

»Na gut, wartet einen Augenblick.«

Der Apotheker ging nach hinten in einen kleinen Raum. Dort suchte er die nötigen Dinge aus einem Buch heraus.

Kaum war er nach hinten gegangen, da sprang Uli zur Tür.

»Niemand da!« flüsterte er, heiser vor Aufregung. Pepp sprang hinter den Ladentisch und nahm drei Gefäße aus dem Regal.

»Die drei waren es doch – oder?« Radieschen nickte.

Schnell schüttete Pepp etwas von jedem Pulver in mitgebrachte, kleine Gläschen.

Sie schauten nach dem Preis, schätzten das Gewicht und legten das Geld unter eine der herumliegenden Kundenzeitschriften. Da würde es der Apotheker irgendwann finden. Sie wollten ihn ja nicht bestehlen.

Ob sie ganz richtig handelten? Darüber machten sie sich jetzt keine Gedanken.

Längst waren die Gläschen in einer Tasche verschwunden, als der Apotheker wieder nach vorn kam.

»Da hast du die Liste. Brauchst du sie für die Schule?«

»Äh, nein. Aber . . .«

Meggi lief rot an.

»Also, vielen Dank! Auf Wiedersehen!«

Kopfschüttelnd schaute der Apotheker den Freunden nach, die schnell die Straße hinunterliefen. »Was sollte das denn . . .?«

Sie rannten zu Uli. Atemlos standen sie in seinem Zimmer.

»Mensch, Klasse, Meggi und Radieschen! Mit euch Mädchen kann man doch was anfangen!« Pepp machte seiner Begeisterung Luft.

Radieschen strahlte. »Hoffentlich klappt das jetzt auch«, sagte sie nur bescheiden.

Sie lasen die Anweisungen des Fotohändlers genau durch und wogen die Chemikalien auf einer Briefwaage ab. Dann behandelten sie das Negativ genau nach Vorschrift.

Und tatsächlich: Nun konnten sie zwei Gesichter erkennen. Sie waren zwar ziemlich undeutlich, aber mit diesem Bild konnte man etwas anfangen.

»Mensch, klasse! Wenn wir jetzt noch ein Positiv haben, dann . . .«

Muck wandte sich an Uli. »Ja, was dann?«

»Dann bringen wir das Bild am besten zur Polizei. Oder willst du herumlaufen und hoffen, daß die Verbrecher uns zufällig begegnen?«

Auch die Bildpositive machten sie selbst. Das nötige Material hatten sie sich wieder beim Fotohändler gekauft. Er hatte sie zwar recht mißtrauisch angesehen, aber nichts gefragt. Um die Bilder zu bekommen, legten sie einfach das Negativ auf das Fotopapier, machten kurz Licht und entwickelten dann.

Nach ein paar Versuchen – einige Bilder wurden schwarz, auf anderen sah man fast gar nichts – schwamm endlich eine brauchbare Fotografie im Waschbecken.

»Eigenartig«, Pepp kratzte sich am Kopf, »mir ist, als hätt' ich das Gesicht von dem Dicken da schon mal gesehen.«

»Mir geht's genauso!« entfuhr es Muck. »Den kenne ich, nur woher?«

»Seid ihr euch sicher?«

»Ja Uli, vollkommen sicher!«

»Gut.« Uli schaute sie ernst an. »Ich versuche, euch zu helfen. Vielleicht fällt es euch dann ein. – Es ist also jemand, den ihr beide kennt. Vielleicht hat er mit Elektrogeräten zu tun, die hat er ja gestohlen.«

»Hm.« Muck schnalzte mit dem Finger.

Pepp ging aufgeregt hin und her. »Ich könnt' mich in den Hintern beißen!«

»Mensch! Das ist er!« Muck war aufgesprungen. Er packte Pepp an den Schultern.

»Wer?«

»Na der, der bei Vater gearbeitet hat. Der hat das doch immer gesagt, wenn was schiefging.«

»Was gesagt?«

»Ich könnte mich in den Hintern beißen!«

»Du meinst den – wie hieß er denn bloß?«

Endlich fiel ihnen der Name ein: Friedrich Wankel. Herr Strohmann hatte ihn entlassen, weil er alles andere als fleißig war. Er hatte es verstanden, jeden Augenblick zum Nichtstun zu nutzen. Einmal war er sogar im Lager eingeschlafen. Während der Arbeitszeit natürlich.

Nun waren unsere Freunde einen großen Schritt weiter gekommen. Sie kannten einen der Einbrecher. Eigentlich hätten sie jetzt sofort zur Polizei gehen sollen. Aber sie wollten selbst noch mehr herausfinden. Das war doch schließlich ein tolles Abenteuer!

Hätten sie gewußt, was für eine Suppe sie sich da einbrockten . . . Ein paar Kinder gegen organisierte Verbrecher – konnte das gutgehen?

Doch solche Bedenken kannten sie nicht. Pepp und Muck erkundigten sich vorsichtig bei ihrem Vater nach Friedrich Wankel. Und sie erfuhren sogar seine frühere Anschrift. Eigentlich die seiner Mutter, bei ihr hatte er damals gewohnt.

5. In der Falle

Es war ein kalter, aber sonniger Dezembertag. Die Jungen standen auf der gegenüberliegenden Straßenseite des Hauses, in dem Friedrich Wankel und seine Mutter gewohnt hatten. Radieschen und Meggi wollten später auch noch kommen. Sie mußten erst noch etwas erledigen.

»Lindenbergstraße 65 – da drüben, das große, gelbe Miets-haus, das muß es sein.« Ulis Stimme klang aufgeregt.

»Was machen wir nun?« wollte Muck wissen.

»Zuerst müssen wir rauskriegen, ob er immer noch dort wohnt.«

»Und wie willst du das rauskriegen?«

Sie überlegten. Darüber hatten sie sich bisher noch keine Gedanken gemacht. Nach ein paar Minuten hatte Pepp eine Idee.

»Wir kaufen eine kleine Schachtel Pralinen. Dann gehe ich zur Wohnung und gebe sie für den Wankel ab. – Ist ja nicht mal gelogen.«

»Du willst dem Pralinen in den Rachen werfen? Bist du verrückt?« Muck dachte an die Schokolade, die Füllungen, das Marzipan – ihm lief das Wasser im Mund zusammen.

»Du alter Vielfraß!« erboste sich sein Bruder Pepp. »Ja, wir schenken sie dem Wankel, so teuer ist 'ne kleine Schachtel auch wieder nicht.«

»Gut«, Uli nickte, »so können wir erfahren, ob er noch da wohnt. Pepp, du mußt vielleicht noch ein bißchen nachfragen. Auf jeden Fall mußt du sehr aufpassen. Laß dir nichts entge-hen! Jede Kleinigkeit kann wichtig sein. Und paß vor allem auf, daß du dich nicht auffällig benimmst!«

»Und wenn er noch da wohnt und dir selbst die Tür auf-macht?« fragte Muck. »Was machst du dann?«

»Dann – dann geb ich es ihm eben selbst . . .«

Sie kauften die Schachtel Pralinen und ließen sie sich schön verpacken.

Obwohl Uli zuerst von der Idee begeistert gewesen war, gefiel ihm die ganze Sache jetzt nicht mehr. Er hatte das

Gefühl, daß sie etwas übersehen hatten. Aber was? Das wußte er nicht, und deswegen sagte er den anderen nichts. Aber das komische Gefühl blieb.

Nun standen die Freunde mit klopfendem Herzen auf dem Gehsteig, während Pepp mit dem Geschenk in der Hand an der Tür klingelte. »Geh aber auf gar keinen Fall in die Wohnung«, hatte ihm Uli noch eingeschärft.

Die Haustür wurde geöffnet, und Pepp trat ins Treppenhaus. Leise schloß sich die Tür hinter ihm.

Die Zeit verging. Fünf Minuten, zehn, fünfzehn. Langsam wurde es den Jungen kalt. Es war ja Winter. Immer nervöser schaute Uli auf seine Armbanduhr. Aber dadurch kam Pepp auch nicht schneller wieder ... Hatten sie doch etwas verkehrt gemacht? Aber was? Aufgeregt beobachteten sie die Fenster des Hauses. Nichts war zu sehen. Was geschah dort oben? Wo war Pepp? War er doch in die Wohnung gegangen?

Radieschen und Meggi kamen auf ihren Fahrrädern an. »Mensch, sind wir gerast! – Na, was ist?« Radieschens Kopf glühte, trotz der Kälte.

Mit wenigen Worten schilderte ihr Uli die Lage.

»Das ist schon komisch!« sagte Meggi leise.

Unsere Freunde wurden noch länger auf die Folter gespannt.

»Ich hab' ihm doch extra gesagt, er soll nicht hineingehen. Bestimmt hat er es doch gemacht!« murmelte Uli ärgerlich.

Ein alter Taunus kam die Straße entlang und blieb direkt vor dem Mietshaus stehen. Ein Mann stieg aus. Leise murmelte er etwas vor sich hin.

Unsere Freunde auf der anderen Straßenseite konnten sein Gesicht nicht sehen und verstanden natürlich auch nichts. Aber die Stimme!

Uli wurde bleich. Diese Stimme kannte er: Sie war tief und krächzend. Das war doch einer der Männer, die ihn damals im Lager verfolgt hatten!

Schon war der Mann im Haus verschwunden.

»Nein!« Uli ballte die Hände zusammen. »Wir Rindviecher!«

»Hä???« Banni machte seinem Namen alle Ehre.

»Nicht nur Pepp kennt doch den Halunken, sondern der kennt Pepp doch auch!« Uli konnte es nicht fassen, daß ihnen das nicht früher eingefallen war. Es war doch klar, daß Friedrich Wankel auch die Söhne von Herrn Strohmann, also Pepp und Muck, kannte. »Der Wankel hat doch lang genug bei euch gearbeitet!« Uli schaute Muck entsetzt an.

»Was machen wir nun?« Sogar der ruhige Muck war nervös geworden.

Uli zuckte die Schultern. Einige Minuten vergingen. Und sie standen nur ratlos herum.

»Sollen wir nicht lieber die Polizei rufen?« In Mucks Gesicht stand die Sorge um seinen Bruder.

»Ist bestimmt besser so«, gab ihm Uli recht. Er wandte sich an die Mädchen. »Am besten fahrt ihr zu einer Telefonzelle und ruft bei der Polizei an. Mit den Fahrrädern seid ihr am schnellsten.«

»Ich weiß, wo eine Zelle ist«, erwiderte Meggi schnell.

Sie waren gerade erst weggefahren, als sich die Haustür des Mietshauses öffnete und der Mann mit der krächzenden Stimme herauskam.

Kurz suchten seine Augen den Gehsteig ab. Dann blieben sie bei den Jungen hängen, und er kam über die Straße auf sie zu.

Sollten sie davonlaufen?

»Ich muß euch was sagen«, rief er ihnen zu, bevor sie sich auch nur entschlossen hatten, einen Schritt zu machen.

Schon stand er neben ihnen. »Hier!« Er hielt ihnen einen kleinen Zettel hin. An der Schrift erkannten sie sofort, daß Pepp die Worte geschrieben hatte.

> Bitte geht mit ihm mit. Sonst wollen sie mich
> umbringen. Pepp

Uli riß die Augen weit auf, Muck wurde noch blasser. Und Banni? Was der machte, ist ja schon bekannt.

»Also kommt mit und macht ja keine Dummheiten!«

Zu dumm, daß gerade kein Fußgänger in der Nähe war; der hätte ihnen vielleicht helfen können. Die Jungen folgten dem Mann zum abgestellten Auto. Uli drehte sich kurz um, ehe er einstieg. Die Mädchen waren nicht mehr zu sehen. Hoffentlich waren sie schnell genug ...!

Schon fuhr der Wagen mit quietschenden Reifen los. Muck, Uli und Banni saßen verschüchtert auf dem Rücksitz. Was passierte jetzt mit ihnen? Und was geschah mit Pepp? Was hatte sich überhaupt in dem Mietshaus zugetragen?

Sie verließen die Stadt und fuhren auf einer einsamen

Landstraße. Uli versuchte sich einzuprägen, wohin sie fuhren. Die Gegend war ihm ein wenig bekannt. Ganz in der Nähe standen die alten Häuser einer ehemaligen Munitionsfabrik. Hier war Uli einmal mit seinem Großvater gewesen. Der hatte dort im Krieg gearbeitet.

Sie bogen von der Landstraße auf einen schmalen Waldweg ab und fuhren in den Wald hinein. Hier schien der Weg nur aus Schlaglöchern zu bestehen. Zwischen den Bäumen und Sträuchern vor ihnen tauchten die alten Häuser und Bunker der Munitionsfabrik auf. Es war ein unheimlicher Ort. Die Pflanzen hatten hier, mitten im Wald, alles überwuchert. Wenn die Verbrecher dieses Versteck gewählt hatten, kam gewiß fast nie ein Mensch hierher.

Der Wagen hielt an. Kurz ertönte die Hupe. Aus einem der alten Gemäuer trat ein großer Mann. Uli erkannte ihn sofort. Es war der, der damals im Kleinlaster gewesen war.

»Schau dir mal an, was ich mitbring'«, rief ihm der Mann mit der krächzenden Stimme zu.

Banni, Muck und Uli mußten aussteigen.

»Das ist ja der Junge, der uns damals beschnüffelt hat.« Überrascht deutete der Große auf Uli. »Na, ist dein Bildchen nichts geworden?«

Uli antwortete nicht und blickte nur zu Boden.

»Los, geht da rüber und versucht ja nicht abzuhauen!« Langsam zog er eine Pistole aus der Tasche. »Sonst...«

Uli lief es eiskalt über den Rücken. Das war ja wie in einem Krimi. Nur saß er nicht gemütlich im Sessel und sah unbeteiligt zu. Und alles war auch kein Spiel, sondern tiefer Ernst.

Die beiden Männer banden ihnen die Hände auf den Rükken, steckten ihnen Tücher als Knebel in den Mund und führten sie in einen kalten, feuchten Raum. Dort mußten sich die Jungen hinlegen, und nun wurden ihnen auch noch die Füße gefesselt.

Ihr Gefängnis lag fast unter der Erde. Die Wände waren aus Beton, und Uli vermutete richtig, daß sie in einem alten Bunker lagen. Er war mit einer Eisentür verschlossen. Die Männer hatten die Tür krachend zugeschlagen und verriegelt.

Uli sah sich in dem düsteren Raum um. Durch ein kleines Loch an einer der Seiten kam etwas Licht und Luft herein. Dieses Loch war fast unter der Decke. An den kalten Betonwänden lief das Wasser herunter. Weiter oben glitzerte es. Dort mußte Rauhreif die Wände bedecken.

Uli schüttelte leicht den Kopf. In was für eine Lage waren sie da gekommen . . .

Unsere Freunde versuchten nun, die Fesseln zu lösen, aber das ging nicht. Bald begannen sie – trotz ihrer warmen Anoraks – in diesem kalten »Loch« zu frieren. Die Fesseln schnitten ihnen ins Fleisch, und durch die Knebel bekamen sie sehr schlecht Luft.

Uli meinte fast ersticken zu müssen, aber irgendwie ging es dann doch. Wild sausten ihm und den Freunden die Fragen durch den Kopf: Was war mit Pepp? Und wo waren die Mädchen? Die mußten doch inzwischen längst die Polizei alarmiert haben.

Immer weniger Licht drang durch die kleine Öffnung in den Bunker. Es war schon dunkel, als die Eisentür wieder geöffnet wurde. Im Türrahmen wurde Pepp sichtbar.

»So!« Friedrich Wankel lachte. »Da habt ihr euren Meisterdetektiv.« Mit einer Taschenlampe erhellte er den dunklen Raum. »Ihr haltet euch wohl für besonders schlau, was?«

Er gab Pepp einen Stoß, und der fiel zu Boden. Auch er war an Händen und Beinen gefesselt. Nun nahm Friedrich Wankel ihm den Knebel weg.

»So, Junge. Nun erzähl deinen Freunden mal, was wir jetzt alles machen werden.«

Stockend begann Pepp zu sprechen. »Wir sollen unseren Eltern schreiben, daß wir entführt wurden – und sie sollen ein Lösegeld für uns bezahlen – sonst werden wir . . .« Er schluckte.

»Na, was werdet ihr sonst?« Pepp bekam einen kräftigen Fußtritt.

»Aua! Sonst werden wir – umgebracht . . .«

Die Freunde sahen trotz des schwachen Lichtes der Taschenlampe sofort, daß Pepp geweint hatte. Sein Gesicht war angeschwollen, offensichtlich war er auch geschlagen worden.

»So. Nun kannst du deinen Kameraden Gesellschaft leisten. Erzähl ihnen ruhig ein bißchen über deine Dummheit! Und kein lautes Wort, sonst knebeln wir dich wieder!«

Die Tür wurde verschlossen. Sie waren allein in dem ungemütlichen, kalten und finsteren Gefängnis.

»Mm – mm«, mehr brachte Uli wegen dem Tuch nicht heraus. Doch Pepp verstand. Er sollte erzählen, was eigentlich passiert war.

»Ich bin hoch gegangen – und da oben hat eine junge Frau gestanden. Ich hab' mein Sprüchlein hergesagt – dann hat sie gemeint, daß ich doch reinkommen sollte – sie war so freundlich . . .«

Pepp schluckte. Wie lange war das alles her? Es schienen Wochen, Monate vergangen zu sein – war das alles wirklich in so kurzer Zeit passiert?

»Woher ich den Wankel kenne, hat sie gefragt. Und ich Idiot bin auf das freundliche Getue reingefallen.«

Je länger Pepp sprach, desto flüssiger konnte er sprechen.

»Ich dachte, ich könnte mehr erfahren. Ich hab' auch rausgekriegt, daß dem Wankel seine Mutter schon ein paar Monate tot ist.

Auf einmal kam er selbst aus dem Schlafzimmer. Er hat mich sofort erkannt. Dann haben sie mich geschlagen, bis ich alles erzählt hab', und ich mußte euch schreiben – und . . .« Pepp begann ganz erbärmlich zu heulen.

Nach einiger Zeit hatte er sich wieder etwas gefaßt und erzählte weiter.

»Die haben mich gefesselt und geknebelt und in einen großen Karton gelegt. Den müssen sie noch von einem Einbruch haben, nehm' ich an. Ich soll mich ja nicht mucksen, haben sie gesagt. Dann haben sie mich hinten auf einen Lieferwagen geladen und sind losgefahren.«

Pepp schüttelte sich etwas, als er an diese Fahrt hierher dachte.

»Es war schrecklich! Bei jedem Schlagloch bin ich hin und her geflogen und hab' mir weh getan. Als sie anhielten, haben sie vor dem Wagen noch ein bißchen geflüstert, ehe sie mich aus dem Karton geholt haben. Die dachten bestimmt, ich würd' sie nicht verstehen, aber ich hab' alles mitgekriegt.« Pepp holte tief Luft.

»Sie haben besprochen, was sie weiter mit uns machen wollen. Zuerst sollen wir kleingekriegt werden. Deshalb wollen sie uns heute nacht hier in der Kälte liegen lassen. Morgen früh müssen wir dann unseren Eltern schreiben. Und wenn sie das

Geld bezahlt haben, dann...« Pepp begann wieder zu schluchzen.

Uli ahnte, was die Männer noch besprochen hatten. Es war ein zu großes Risiko für sie, die Jungen freizulassen.

»...dann wollen sie uns – umbringen.«

6. Alles geht schief

Es war eine furchtbare Nacht, die unsere Freunde in dem alten Bunker verbrachten. Gegen Mitternacht begann es draußen zu schneien, aber davon merkten sie natürlich nichts. Sie froren immer mehr. Unruhig rutschten sie hin und her, um sich etwas zu erwärmen, aber die Fesseln ließen ja kaum eine Bewegung zu.

Vor allem aber hatten sie Angst, immer mehr Angst. Warum kam keine Hilfe? Wenn die Mädchen die Polizei verständigt hatten, wurden sie doch bestimmt schon gesucht. Aber warum sollte man sie auch gerade hier suchen? Was sollte nur werden?

Vor lauter Verzweiflung waren sie zu keinem klaren Gedanken fähig. Nur die Fragen, endlose Fragen gingen ihnen durch den Kopf. Die Köpfe schienen hohl, leer – wie abgestorben. Gab es denn gar keinen Ausweg?

Endlos dumpf schleppten sich die Stunden dahin.

Am Morgen erschienen die Männer wieder.

»Na, gut geschlafen?« spottete Friedrich Wankel. Man machte ihnen die Knebel ab. Dann begann der »Große«, der gestern schon hier im Wald gewesen war, langsam zu sprechen.

»Nun hört mal gut zu! Wir machen euch gleich die Fesseln ab und geben euch was zum Schreiben. Dann wird genau das geschrieben, was wir euch sagen. Und kein Wort anders, kapiert!«

Uli hatte sich in den frühen Morgenstunden einen kleinen Plan zurechtgelegt. Er hatte doch noch ein wenig normal denken können. Was wollten die Entführer machen, wenn sich die Jungen weigerten, zu schreiben? Sie sollten ja sowieso umgebracht werden. Was war da noch zu verlieren?

»Wir schreiben nichts!« sagte Uli laut und bestimmt, als man ihnen die Knebel abgenommen hatte. »Da können Sie machen, was sie wollen.«

»Das werden wir ja sehen!«

Friedrich Wankels Augen traten vor Wut fast aus den Augenhöhlen. Wortlos packte er Pepp, schnitt seine Fesseln auf und riß ihm den Anorak herunter. Dann zog er ihn in eine Ecke des Bunkers. Schon hatte er ihm den Gürtel aus der Hose gezogen und schlug auf ihn ein. Pepp begann haltlos zu schreien.

»Halt, aufhören!« brüllte Uli. »Wir schreiben alles, was Sie wollen.«

Der Verbrecher wußte genau, wie er die Jungen gefügig machen konnte. Anstatt auf Uli zu hören, schlug er um so kräftiger zu.

»Nein! Nein!« bettelte Uli verzweifelt.

Endlich hörte er auf, Pepp zu schlagen.

»Habt ihr nun kapiert, wer hier die Befehle gibt?« Uli saß starr auf dem kalten Boden. Was hatte er nur angerichtet. Pepp wimmerte nur noch.

Wenig später schrieben die Jungen ihren Eltern. Pepp lag immer noch schluchzend in der Ecke des Bunkers. Die Tür stand offen und ließ ein wenig mehr Licht herein. Uli schaute nach draußen. Die Seiten des Ganges zur Eisentür, die Bäume – alles war von Schnee bedeckt. Was für ein friedliches, winterliches Bild.

Da wurde Uli auch schon wieder aus seinen Gedanken gerissen. Vor ihm standen die Verbrecher, und der Große diktierte:

»Liebe Eltern!

Los! Schreibt schon! Oder sollen wir euch Beine machen?

Wir sind entführt worden. Bitte schaltet die Polizei nicht ein. Sonst müssen wir sofort sterben. Die Entführer meinen es ernst. Sie verlangen . . .«

Kalt und gefühllos hallten die Worte im Raum wider. Als sie mit dem Schreiben fertig waren, durfte Muck nach seinem Bruder sehen.

»Wenn ihr keinen Muckser macht, fesseln wir euch jetzt nicht wieder. Aber wehe euch!« Dabei hielt der Große seine Faust hoch.

Kaum waren sie allein, sprang Uli zu Pepp. »Pepp«, sagte er leise.

Ein schwaches Stöhnen war die Antwort.

»Das hab' ich nicht gewollt. Ich konnte doch nicht wissen . . .«, stotterte Uli.

Pepp drehte sich mühsam ein wenig zur Seite. »Ist schon gut, Uli.«

Pepps Hemd war blutig. Alles tat ihm weh. Einige Schläge

hatten sein Gesicht getroffen, obwohl er versucht hatte, es mit den Armen zu schützen. Ein Auge war fast zugeschwollen. Es brannte furchtbar.

Doch Pepp biß tapfer die Zähne zusammen. Und er war wirklich nicht auf Uli böse. Der hatte ja nur etwas versucht, um ihnen allen zu helfen.

Aber was hatten die Mädchen gemacht?

Als sie gerade losgefahren waren, hatten sie den Mann mit der krächzenden Stimme hinter sich gehört. Radieschen hatte sich kurz umgedreht und gesehen, wie er mit den Jungen sprach.

»Schnell weiter«, hatte sie Meggi zugeflüstert, »vielleicht weiß der nicht, daß wir auch dazugehören.«

Auch wenn sie nichts von dem verstanden hatten, was er sagte – sie konnten sich denken, daß etwas schiefgelaufen sein mußte.

Hinter der nächsten Straßenecke waren sie von den Fahrrädern gesprungen. Vorsichtig hatten sie um die Ecke geschaut. Sie sahen gerade noch, wie die Jungen in den alten Taunus einstiegen.

»Wir müssen hinterher. Die Polizei können wir jetzt nicht rufen«, flüsterte Meggi. Radieschen nickte und sie fuhren los.

So waren sie hinter dem Auto hergefahren. Im Stadtverkehr klappte das recht gut, da die Ampeln oft auf Rot geschaltet waren und der Wagen deshalb anhalten mußte. Als sie die Stadt verlassen hatten, hängte der Taunus sie natürlich ab. Doch Meggi bemerkte die frischen Reifenspuren auf dem Waldweg zur Munitionsfabrik.

Radieschen und Meggi waren also ihren Freunden auf den Fersen geblieben. Doch dann hatten sie einen schweren Fehler gemacht. Statt sofort Hilfe zu holen, hatten sie die Fahrräder im Wald versteckt und waren bis in die Nähe des Bunkers geschlichen.

Sie hörten alles, was die Männer mit den Jungen redeten. Unbemerkt kamen sie fast an den Bunker heran und krochen unter einige große Sträucher. Zu spät merkten sie jedoch, daß sich die Männer in einem alten Haus direkt neben ihrem Versteck aufhielten. Als es dunkel wurde und Meggi versuchte, wegzukriechen, knackten einige der Äste des Gebüsches, und sofort kam einer der Männer heraus und sah sich um.

Er bemerkte die Mädchen zwar nicht, aber jetzt war ihr Versteck auch zu einem Gefängnis geworden.

Radieschen und Meggi verbrachten eine lange, kalte Nacht an diesem ungastlichen Ort.

Hier draußen war es noch kälter als im Bunker. Und als es zu schneien begann, schmolz der Schnee über ihnen etwas und sie wurden auch noch naß. Doch die beiden Mädchen hielten tapfer aus. Sie durften sich doch nicht auch noch fangen lassen! Sonst wären sie alle verloren.

Als die Männer den Jungen die Briefe diktierten, konnten sich Meggi und Radieschen endlich aus ihrem Versteck schleichen.

Unbemerkt kamen sie aus dem gefährlichsten Bereich heraus. Nun nichts wie zu den Fahrrädern! Später, auf der Landstraße, kämen sie mit den Rädern doch schneller voran. So lohnte sich der kleine Umweg.

Hier im Wald lag der Schnee zwar nicht so hoch wie im freien Gelände, aber dennoch war es nicht leicht, schnell vorwärtszukommen. Unter der Schneeschicht war so manches unsichtbare Hindernis verborgen. Endlich hatten sie die Fahrräder erreicht.

Nun aber schnell zur Landstraße und dann zur Stadt. Bald würden sie die Polizei benachrichtigen können. Sie brachten auch den Waldweg gut hinter sich und erreichten die Landstraße. Aber hier war noch kein Schnee geräumt worden. Sie mußten ihre Räder schieben und kamen nur sehr langsam voran.

Inzwischen hatten die Männer den Bunker verlassen. Sie gingen zu dem alten Haus, in dem sie sich immer aufhielten.

Auf dem Weg dahin entdeckte der Mann mit der krächzenden Stimme etwas, was ihn in höchste Aufregung versetzte.

»Wankel, schau mal her. Das gibt's doch nicht?!«

Ungläubig deutete er auf den Boden. Vor ihnen waren im Schnee klar und deutlich Fußstapfen zu sehen.

Die Männer begriffen sofort. Hier mußten sich also noch mehr Kinder aufgehalten haben. Nun waren diese heimlichen Beobachter unterwegs, um Hilfe zu holen.

Der Große und Friedrich Wankel sprangen sofort ins Auto und fuhren los.

Als sie auf den Waldweg kamen, sahen sie neben den Fußstapfen die Spuren der Fahrräder.

»Gib Gas, Wankel! Daß die uns bloß nicht abhauen!«

Trotz des hohen Schnees waren sie sehr bald auf der Landstraße.

»Da vorn sind sie ja!« Der Große atmete auf, als er die beiden Mädchen in der weißen Schneefläche erblickte.

Zu spät bemerkten Meggi und Radieschen das Auto. Sie warfen die Fahrräder weg und versuchten davonzulaufen. Aber die Männer waren schneller. Schon hatten sie sie gefangen und schleppten sie zum Auto.

»Macht ja keine Dummheiten!« Der Große hatte wieder seine Pistole in der Hand.

Eingeschüchtert saßen Radieschen und Meggi auf der Rückbank. Die Fahrräder schauten hinten aus dem Kofferraum heraus.

»So, jetzt bekommt ihr auch noch Besuch.« Der Große schubste die Mädchen in den Bunker und verschloß sofort die Eisentür.

Die Jungen machten Augen, als sähen sie Gespenster.

Endlich fand Uli die Sprache wieder. »Wo kommt ihr denn her?«

Radieschen berichtete kurz von der Verfolgungsjagd durch die Stadt bis hierher. Dann erzählte sie von der kalten Nacht und wie man sie doch noch erwischt hatte.

Uli erklärte mit ein paar Worten, was sich bei ihnen alles zugetragen hatte. Das meiste hatten die Mädchen ja von draußen mitbekommen.

Meggi setzte sich neben Pepp. Dessen Kopf war ganz heiß. Er schien Fieber zu bekommen. Die anderen saßen schweigend da.

Was sollte nur werden? Alles ging aber auch schief.

Sie wünschten sich Hilfe herbei – die Eltern, die Polizei, irgend jemanden...

Sollten sie einfach laut schreien? Vielleicht hörte man sie doch? Aber wer wanderte jetzt mitten im Winter hier herum?

Und sie dachten an Pepp. Der Wankel schien überhaupt kein Gefühl zu besitzen.

Inzwischen waren die Briefe bei den Eltern angekommen. Diese hatten sich besorgt miteinander verständigt und dann – trotz der Warnung – die Polizei informiert.

Die Fahndung lief auf Hochtouren.

Es war am frühen Nachmittag. Unsere Freunde saßen auf dem kalten Betonboden und schwiegen noch immer.

Hunger und Durst wurden langsam unerträglich. Aber sie rissen sich zusammen. Klagen hatte ja doch keinen Sinn. Weil sie nicht mehr gefesselt waren, konnten sie sich jetzt wenigstens bewegen. Ab und zu stand einer auf und lief umher, um sich etwas aufzuwärmen. Doch die Füße schienen Eisklumpen zu bleiben. Pepp lag in der Ecke und stöhnte nur ab und zu.

Gott sieht alles. Uli überlegte. An Gott und Jesus hatte er schon so lange nicht mehr gedacht. Hatte er nicht sein Leben an Jesus ausgeliefert? War er jetzt nicht ein Kind Gottes?

Aber nach dieser Entscheidung hatte er weitergelebt wie früher. Er hatte sich zwar bemüht, ein besserer Junge zu sein, aber sonst war ihm Jesus ziemlich egal gewesen. Er hatte einfach gemacht was er wollte, ohne Jesus zu fragen.

Traurig schaute Uli auf Pepp. Pepp mußte leiden, weil Uli einen Fehler gemacht hatte. Und Jesus? Er mußte leiden und sogar sterben, weil wir Menschen gesündigt haben, weil wir vor Gott schlimme Fehler gemacht haben. Uli schluckte. Es war, als säße ihm ein Kloß im Hals.

Bei Pepp konnte man Ulis Fehler vielleicht entschuldigen. Aber bei Gott ging das nicht. Da waren es nicht nur kleine Fehler. Nein, es war – Uli überlegte – ja, es war Sünde, trennende Schuld, die Gott bestrafen mußte. Jesus hatte diese Strafe abgenommen. Er hatte gelitten und war sogar für unsere Sünden gestorben.

Uli wußte das alles. Er hatte sogar gebetet, daß Jesus sein Leben bestimmen sollte. Und dann... Uli war wieder bei seinem Versagen angekommen.

»Mein Gott«, murmelte Uli leise. Er faltete die Hände und betete. Es kümmerte ihn nicht, daß die Freunde ihn eigenartig anschauten. Er achtete nicht auf sie. Es war ihm auch egal, daß sie ihn hörten. Er mußte jetzt einfach mit Jesus reden – und er mußte es laut sagen. Er konnte nicht anders. »Herr Jesus, bitte – ich bin ja selbst dran schuld, daß alles so gekommen ist. Ich wollte unbedingt angeben und zeigen, was ich alles kann«, brach es aus ihm heraus.

»Bitte vergib doch, daß ich nie nach deinem Willen gefragt habe. Und hilf uns doch und besonders Pepp.« Uli wußte nicht mehr weiter und sagte leise: »Amen.«

Es war eigenartig, aber jetzt fühlte er sich etwas wohler, trotz der Angst, die immer noch da war. Er wußte, daß Jesus bei ihm war, auch wenn er ihn nicht sehen konnte. Uli wußte es so genau, wie er die Freunde um sich sah.

Das machte ihn ruhig.

Auf einmal konnte er wieder klar denken. Was konnten sie tun? Nichts – durchfuhr es ihn sofort. Aber stimmte das wirklich?

Uli kroch zu Pepp und rief die Freunde zusammen. Pepp schlief. – Oder war er bewußtlos? Sie wußten es nicht. Nur schwer konnte Uli seinen Blick von ihm lösen.

Aber sie mußten versuchen, etwas zu tun – irgend etwas . . .

»Wir stecken in einer bösen Lage.« Uli versuchte, ganz sachlich zu reden, auch wenn ihm das nicht so recht gelang. »Aber wir dürfen nicht aufgeben. Zuerst müssen wir auf Pepp achten. Wenn er wirklich bewußtlos wird, müssen wir aufpassen, daß er nicht erstickt, und ihn dazu auf die Seite legen. Sonst kann es sein, daß die Zunge im Mund nach hinten fällt und er keine Luft mehr bekommt.«

»Ich geb' auf ihn acht«, sagte Muck leise.

»Und ich werd' mich mit dir abwechseln«, fügte Meggi hinzu.

»Gut – und dann müssen wir überlegen, ob es nicht doch einen Weg gibt, hier rauszukommen.«

Mit traurigen Augen schauten die Freunde Uli stumm an. Sie hatten sein Gebet gehört. Sie spürten auch, daß Uli neuen Mut gewonnen hatte. Und sie merkten sogar, daß das mehr war, als nur menschlicher Mut. Es mußte von Gott kommen.

Aber die Frage blieb offen, was sie denn nun tun konnten. Auch wenn sie darauf keine Antwort wußten, machte Ulis neuer Mut sie zuversichtlicher.

»Zuerst müssen wir unser Gefängnis richtig untersuchen«, überlegte Uli laut weiter. »Das haben wir noch gar nicht gemacht. Vielleicht finden wir etwas, was uns weiterhilft . . .«

Er stand auf und untersuchte sofort in einer Ecke den Boden und die Wände. Banni und Radieschen begannen damit in den anderen Ecken, während Muck dort nachsah, wo Pepp lag.

Doch ihre Suche war umsonst. Die Wände des Bunkers boten keine Möglichkeit zur Flucht.

Unendlich langsam flossen die restlichen Stunden des Tages dahin. Allmählich verfielen sie wieder in diese »halbtote«

Stimmung der letzten Stunden. War es der Hunger, die Kälte, die Einsamkeit oder die Hoffnungslosigkeit, was diese seltsame Erfahrung auslöste? Sie hatten Angst, aber dennoch fühlten sie sich irgendwie gar nicht an dem beteiligt, was hier vorging.

Nur Uli hatte einen etwas klareren Kopf. Er überlegte krampfhaft, was sie doch noch tun konnten. Aber auch er fand keine Lösung.

Die Männer kamen nicht wieder. Was hatten sie nur mit ihnen vor?

Wann erhielten sie das Lösegeld und wie – wie würden sie sie dann töten? Oder wollten sie sie einfach hier verhungern und erfrieren lassen? Uli zitterte bei diesem Gedanken noch mehr. Aber trotz aller Furcht war er irgendwie ruhig. Er wußte, daß Jesus bei ihm war.

Draußen hörten sie ab und zu ein leises Husten. Mindestens einer der Männer bewachte sie also. Oder waren alle da? Das konnte ihnen völlig egal sein. Es änderte ja doch nichts an ihrer Lage.

Als es im Bunker immer dunkler wurde, legten sie sich teilnahmslos zu ihrer zweiten Nacht auf den kalten Betonboden.

Der Durst war inzwischen unerträglich geworden. Hunger –, daran dachten sie jetzt schon gar nicht mehr so sehr. Wenn man nur etwas trinken könnte. Sie wünschten sich, daß es noch nässer an den Betonwänden wäre, dann könnte man den Durst stillen ... Solange man ein bißchen herumlief, fror man wenigstens nicht so sehr.

Doch trotz all dieser Gedanken war es immer noch so, als schien sie das alles gar nichts anzugehen. Alles war wohl nur ein böser Traum. Wann würden sie endlich erwachen ... ?

Als sie jetzt so dalagen, wurden sie aber doch wieder in die Wirklichkeit zurückgerufen. Sie begannen noch erbärmlicher zu frieren. Die Kälte drang nun erst recht durch die Winterkleidung.

Auch in dieser zweiten Nacht fanden sie kaum Schlaf. Dazu begann Pepp auf einmal laut zu schreien. Er hatte jetzt hohes Fieber.

»Pepp, du mußt leise sein. Sonst knebeln sie uns doch wieder«, redete Muck verzweifelt auf seinen Bruder ein. Aber Pepp schrie noch lauter.

Ängstlich starrte Uli ins Dunkel. Jeden Augenblick mußte sich die Tür öffnen – und dann?

Doch niemand kümmerte sich um sie. Waren sie allein? Hatten die Bewacher sie verlassen?

Uli ballte die Fäuste. Er mußte es wagen. Ganz laut begann er zu schreien: »Hallo, hört uns denn keiner? Wir brauchen Hilfe!«

»Mensch, sei ruhig!« brüllte Muck ihn an. »Bist du verrückt geworden?«

»Wenn jemand draußen ist, Muck, dann sage ich, daß wir unbedingt Hilfe brauchen, wegen Pepp. Aber wenn niemand da ist, dann . . .«

Was dann? Uli wußte es auch nicht, was sie dann tun würden.

Er schrie weiter. Langsam begannen auch die anderen zu schreien. Endlich konnte man etwas tun. Und eigenartig – je länger sie schrien, desto mehr kehrten ihre Lebensgeister zurück.

Sie brüllten so lange, bis sie heiser waren. Niemand kam. Sie waren also allein. Gab es denn wirklich keine Möglichkeit, zu entkommen?

Uli kroch im Dunkeln zur Tür und drückte dagegen. Sie war fest verschlossen. Er überlegte. Wie war sie verriegelt? Ehe sie hineingeführt wurden, hatte er es doch gesehen.

Ein Schloß war es nicht gewesen. Nein. Uli erinnerte sich an einen recht neuen Eisenriegel, mit dem die Tür von außen zu verschließen war. Eigenartig. Einen Bunker mußte man im Krieg doch von innen verriegeln.

Uli fand nur eine Lösung. Der Riegel oder vielleicht sogar die ganze Tür war erst später angebracht worden.

Er betastete die Türfläche und suchte nach den Spuren einer früheren Verriegelung von innen. Aber die Tür war ganz glatt. Dafür gab es nur eine Erklärung: die Tür war hier tatsächlich erst später eingesetzt worden.

Uli tastete weiter. Der Türspalt war so breit, daß er seinen Finger hindurchschieben konnte. Und die Türscharniere außen am Rahmen fühlten sich so an, als seien sie extra angeschweißt worden, um die Tür einhängen zu können. Die Tür gehörte also eigentlich nicht in diesen Türrahmen.

Nochmals fühlte Uli alles ab. Er mußte sich ganz auf seinen Tastsinn verlassen. Es war ja völlig dunkel.

Da durchzuckte ihn ein Gedanke: Wenn nicht ganz ordentlich geschweißt worden war? Die Tür ging doch nach außen auf. Vielleicht konnte man . . .?

Es war nur eine kleine Hoffnung. Eigentlich aussichtslos. Aber er hielt sich daran fest – wie ein Ertrinkender an einem Strohhalm.

Uli drückte kräftig gegen die Tür. Nichts. Er ging einen Schritt zurück und warf sich dagegen. Ein lautes Poltern, seine Schulter schmerzte vom Aufprall – sonst nichts. Die Tür gab nicht nach.

Banni, Muck und Radieschen waren zu ihm gekrochen. Kurz erklärte Uli seine Überlegung. Dann warfen sie sich gemeinsam gegen die Eisentür.

Es war eine verzweifelte Hoffnung, daß eines der Scharniere abreißen würde. Aber es war besser, als nichts zu tun . . .

Bald taten ihnen die Knochen weg, aber das kümmerte sie nicht. Hing nicht ihr Leben davon ab, daß sie hier rauskamen?

Uli mußte recht haben. Er mußte einfach . . .

7. Der letzte Versuch

»Noch ein letztes Mal!« keuchte Uli.

Trotz der Kälte lief ihnen allen nun der Schweiß am Körper herunter.

Mit letzter, verzweifelter Kraft warfen sie sich gegen die Tür. Sie hielt stand.

Doch was war das? Hatte da nicht etwas ganz leise gekracht?

»Noch mal«, kommandierte Uli. Sie warfen sich mit zusammengebissenen Zähnen dagegen. Die Schultern schmerzten furchtbar.

War es Einbildung? Oder gab die Tür etwas nach? Vorsichtig schob Uli seinen Finger in den Spalt zwischen Tür und Türrahmen.

»Hier! Tatsächlich!«

Am oberen Türscharnier gab die Tür dem Druck seiner Finger etwas nach. Der Spalt wurde breiter. Eine Schweißstelle mußte gebrochen sein.

»Mensch Banni, Muck, Radieschen, Meggi...«

Uli konnte es nicht fassen. Nun befühlten auch die Freunde die abgebrochene Schweißstelle. Sie schöpften neuen Mut. Vielleicht schafften sie es doch noch. Wenn nur die Verbrecher inzwischen nicht zurückkamen...

Verzweifelt rüttelten sie an der Tür. Sie drückten und drückten.

Aber so hatte es keinen Sinn. Sie mußten den Riegel aufbekommen. Uli fühlte wieder am Türspalt.

»Wenn wir einen Stock hätten – jetzt können wir den Spalt so weit aufdrücken, daß man vielleicht an den Riegel ankäme. Aber wir haben ja nichts.« Mutlos ließ er die Arme sinken.

Da hatte Meggi eine Idee: »Nehmt doch einen Hosengürtel! Vielleicht kommt man mit der Gürtelschnalle an den Riegel ran. Wenn sich die Schnalle dort festhängt, kann man ihn vielleicht aufziehen.«

Sofort zog Uli seinen Gürtel aus der Hose und schob ihn durch den Türspalt. Nach ein paar Versuchen spürte er einen Widerstand, als er am Gürtel zog. Die Schnalle mußte sich irgendwo verfangen haben. Hoffentlich am Riegel . . . Uli begann ganz vorsichtig zu ziehen.

Ein leises Knacken – ungläubig drückten sie gegen die Tür. – Sie gab nach.

Wie gebannt standen sie im Bunker, als die Tür ganz geöffnet war. Sie wagten kaum den Schritt hinaus.

Vor ihnen lag der nächtliche, winterliche Wald. Es war eine klare Nacht. Über ihnen funkelten unzählige Sterne.

Uli schluckte und fühlte, wie Freudentränen in seine Augen traten.

»Wir haben es geschafft. Gott sei Dank!«

Und die letzten Worte sagte er nicht gedankenlos, sondern er meinte sie von ganzem Herzen.

Doch sie waren noch nicht in Sicherheit. Sie mußten fort – und zwar möglichst schnell. Wer wußte, wann die Verbrecher wiederkamen.

Sie schleppten Pepp hinaus und versteckten ihn ein paar hundert Meter weiter in einem Gebüsch. Muck blieb bei ihm.

Sorgfältig verwischten sie alle Spuren im Schnee zu diesem Versteck. Dann machten sich Uli, Banni und die Mädchen auf den Weg zur Stadt.

Die Großfahndung der Polizei war noch immer ohne Ergebnis geblieben. Keine Spur von den Kindern oder den Entführern.

Sämtliche Streifenwagen der Stadt waren noch immer im Einsatz. Aber was konnte dieses ziellose Suchen schon bringen? Doch man mußte alles versuchen.

Die Beamten des Streifenwagens glaubten ihren Augen kaum, als sie auf der verschneiten, nächtlichen Landstraße auf einmal ein paar Kinder erblickten.

Zuerst hatten sich Uli, Banni, Radieschen und Meggi geduckt, als sie den Wagen sahen. Aber dann hatte Uli das Blaulicht entdeckt. »Hallo!« schrie er, so laut er konnte und begann zu winken.

Nun ging endlich alles seinen geregelten Weg. Sie zeigten den Polizeibeamten das Versteck von Pepp, und ein Krankenwagen brachte ihn ins Krankenhaus. Am nächsten Morgen wurden die drei Halunken auf dem Weg zur Munitionsfabrik festgenommen. In den alten Bunker- und Kellerräumen fand man einen Großteil der gestohlenen Waren.

So überführt, gestanden die Verbrecher alles. Nun gelang es auch, den Käufer des Diebesgutes – den Hehler – zu verhaften.

Auch der geheimnisvolle Informant der Diebe wurde entlarvt. Es war doch der Lagerverwalter von Herrn Strohmann gewesen. Er hatte auch immer die Alarmanlage für die Halle einfach abends ausgeschaltet und am Morgen nach dem Einbruch wieder in Betrieb gesetzt. Da er immer der erste im Lager war, hatte dies niemand bemerkt. Dafür hatte er einen ganz schönen Batzen Geld kassiert.

Auf die Verbrecher wartete nun eine Gerichtsverhandlung und dann etliche Jahre Gefängnis.

Und unsere Freunde?

Die Wiedersehensfreude der Eltern war größer als der Zorn. Sie waren froh, ihre Kinder wieder lebend und gesund zu haben. Auch Pepp ging es bald wieder besser.

Und immerhin, die Freunde hatten eine ganze Diebesbande dingfest gemacht. Herr Strohmann war nicht geizig und schenkte jedem einen Kassettenrekorder.

Uli war jetzt natürlich der große Held. Sein Scharfsinn hatte das meiste ja erst möglich gemacht.

Aber für Uli war jemand anders der Held. Nämlich der, dem nun sein Leben gehörte und der ihnen so praktisch geholfen hatte: Jesus Christus. Uli wollte nie mehr vergessen, was Jesus für ihn getan hatte. Er wollte durch ein gehorsames Leben fröhlich dafür danken, daß Jesus am Kreuz für seine Schuld gestorben war.

Und Uli hatte einen festen Entschluß: Solch ein gefährliches Abenteuer wollte er nicht wieder einfädeln. Er war ja am meisten an diesen Dingen schuld gewesen. Hätte er sich nicht darauf eingelassen, wären auch die Freunde nicht in Gefahr geraten.

Aber – ob ihm das wirklich gelingen würde, seinen Spürsinn in Ketten zu legen . . .?

Noch eine Frage

»Ich sitze im Grünen und wünsche mir ...«

Vielleicht kennst Du dieses Kreisspiel, bei dem man sich jemanden wünschen darf, der dann blitzschnell den freien Platz rechts neben dem Wünschenden belegen muß. Schnell muß der linke Nachbar des freigewordenen Stuhles weitermachen – und immer so fort. Wer zu langsam ist, scheidet aus.

Auch ich habe einen Wunsch. Ich wünsche mir, ich könnte Dich – ja, ich meine wirklich Dich! – neben mir haben. Dann könnte ich Dich fragen, ob Du auch alles verstanden hast, was ich in diesem Buch geschrieben habe. Mein Freund, »Kommissar Uli«, der hat ja begriffen, was ich meine. Ob ich es Dir genauso gut verständlich machen konnte?

Klasse, wenn jetzt alles klar ist. Was aber machen, wenn doch noch etwas unklar blieb? In diesem Fall kannst Du mir ja einmal schreiben (falls Du sonst niemand kennst). Du bekommst ganz bestimmt eine Antwort. Hier ist meine Adresse:

Andreas Schwantge
Postfach 12 20
D-73762 Neuhausen-Stuttgart

Dein
Andreas

hänssler

Alle Abenteuer von und mit Andreas Schwantge

Ulis schwerster Fall
Tb., 120 S., Nr. 73.072, ISBN 3-7751-1638-9

Einer Musiklehrerin werden mehrere wertvolle antike Möbel
und Küchengeräte gestohlen. Ein kniffliger Fall!!!

Uli kann's nicht lassen
Tb., 64 S., Nr. 75.310, ISBN 3-7751-0952-8

Uli und Meggi kommen einer Autoknackerbande auf die Spur,
die bis nach Italien führt. Doch damit sind sie nicht in Sicherheit.

Uli und der »Rote Hahn«
Tb., 80 S., Nr. 75.311, ISBN 3-7751-1135-2

Auf der Suche nach einem Brandstifter werden Uli und Marion
nachts in eine aufregende Verfolgungsjagd verwickelt.

Bitte fragt in Eurer Buchhandlung nach diesen Büchern!
Oder schreibt an den Hänssler-Verlag, Postfach 1220,
D-73762 Neuhausen-Stuttgart.

hänssler

Die Todesbrücke/Ein Zeuge weiß zuviel
(Doppelband)
Tb., 144 S., Nr. 75.312, ISBN 3-7751-1214-6

Zwei spannende Geschichten von »Kommissar Uli« in einem
Band.

In Todesgefahr
Tb., 96 S., Nr. 75.316, ISBN 3-7751-0756-8

Auf einer Insel übernachten? Auf so etwas kann nur der Frie-
der kommen. Ein verhängnisvoller Entschluß ...

Der unheimliche Erpresser
Tb., 64 S., Nr. 75.301, ISBN 3-7751-0787-8

Vor der Schule werden Fahrräder beschädigt. Die Ereignisse
überschlagen sich, es beginnt eine verzweifelte Jagd um Leben
und Tod.

Bitte fragt in Eurer Buchhandlung nach diesen Büchern!
Oder schreibt an den Hänssler-Verlag, Postfach 1220,
D-73762 Neuhausen-Stuttgart.

hänssler